Singulières

Corinne Falbet-Desmoulin

Singulières

Recueil de nouvelles

© 2016   Corinne Falbet-Desmoulin

Éditeur : BoD-Books on Demand, 12/14 rond point des Champs
Élysées, 75008 Paris, France
Impression : BoD-Books on Demand, Norderstedt, Allemagne
ISBN : 978-2-322-07679-6
Dépôt légal : mai 2016

Passionnée d'écriture, de lecture et de piano, Corinne Falbet-Desmoulin habite à Léognan, une petite ville au milieu des vignes près de Bordeaux. Elle écrit depuis l'enfance (recueil de poèmes, chansons intimistes, album pour enfants, nouvelles, roman).

En 2015, elle décide de participer à des concours de nouvelles. Très vite, ses textes remportent des prix et distinctions littéraires, qui l'encouragent à continuer.

Trois recueils voient alors le jour : *Singulières* édité en 2016, *Insolites* en 2017 et *Atypiques* en 2018.

Quatre nouvelles faisant partie de *Singulières* ont été particulièrement remarquées : *Le fantasme de Lucile* a permis à l'auteure de devenir la lauréate du « Prix Gérard de Nerval de la Nouvelle 2016 » (d'une valeur de mille euros), organisé au Touquet par les Éditions Arthémuse. *La couleur noire de l'amour* a reçu un prix littéraire de La Lampe de Chevet Éditions. *Eva* a été primée par l'Association de Poésie Contemporaine Française. Enfin, *L'amoureuse* a été publiée par l'éditeur Jacques Flament, dans son anthologie sur la folie.

Dans *Insolites*, six nouvelles sont également à citer : *Chloé*, choisie parmi près de 250 textes, a obtenu le « Prix Écriture d'Azur 2015 ». *Tu m'as apporté le monde,* le Premier Prix du concours Clair de plume 2017, dans le cadre du festival du livre de Sète : Les Automn'halles. *Évasion* a remporté le deuxième prix au concours 2016 de Provence poésie. *L'apparence* a également reçu un deuxième prix dans la revue de poésie Florilège. Enfin, les récits *Le tunnel* et *Voyage* ont été édités par Jacques Flament Éditions.

Dans *Atypiques*, *Une semaine sans Allan* a été finaliste du Prix des Beffrois et *L'ami d'Edgar* a reçu les félicitations du jury des Appaméennes du livre.

À Laurent et Clément

L'AMOUREUSE

Le tissu souple de la jupe glissa le long des bas soyeux, révélant des jambes bien galbées, ainsi que Diego l'avait secrètement espéré. Frémissant d'impatience, il tendit la main vers le porte-jarretelle noir à hauteur de son visage.

Luisa regardait avec attention le jeune homme agenouillé devant elle et se laissait faire, un sourire amusé flottant sur ses lèvres encore légèrement fardées. *Cette fois, ce sera plus facile,* pensa-t-elle.

D'emblée, elle avait vu le désir de Diego tendre son jean de marque, lorsqu'elle avait frôlé l'Argentin la première fois. Le séduire n'avait été ensuite qu'un jeu d'enfant.

Dans cette ennuyeuse soirée mondaine, il était l'un des rares invités qu'elle ne connaissait pas déjà. Depuis plus de deux ans à fréquenter les réceptions de la petite ville, les portes s'ouvraient devant madame l'Ambassadrice sans qu'elle ait le moindre effort à faire pour cela. Il lui suffisait de tenir son rôle. Siroter du champagne, échanger des tas de propos, la plupart du temps superficiels, sourire, rire parfois, virevolter, parader. Elle y parvenait à la perfection. Quand elle était plus jeune, elle aimait bien ce rôle, ça la distrayait. Mais plus maintenant.

Elle laissa Diego tâtonner avec les attaches fines de ses dessous chics. Les gestes maladroits du jeune homme lui rappelaient ceux de Luis vingt-cinq ans auparavant. Vingt-cinq ans… était-ce possible ? Cela paraissait incroyable et pourtant…

Elle ferma les yeux et tout put enfin commencer. Elle appela d'abord le souvenir de l'abondante chevelure de Luis penché sur elle. Elle la vit nettement, d'un noir si intense qu'elle y distinguait des reflets bleutés ; elle y plongea les doigts avec volupté, en respira cette odeur poivrée qu'elle aimait tant.

Elle sentit les mains de Diego se promener sur ses cuisses nues. Elle n'avait pas à rougir de son corps, de petite taille mais bien proportionné et musclé, grâce aux longues séances de gymnastique quotidienne qu'elle s'imposait. Aussitôt, les doigts nerveux de Luis furent sur elle, animés d'un léger tremblement d'excitation. Elle visualisa leur peau mate et douce, les ongles courts, bien coupés, puis elle se laissa entièrement gagner par l'infinie délicatesse de leurs caresses qui remontaient lentement vers son sexe.

En fin de soirée, elle s'était éclipsée dans le jardin de ses hôtes, où des buissons de fleurs tropicales rares exhalaient de lourdes senteurs capiteuses. Ainsi qu'elle s'y attendait, l'Argentin n'avait pas tardé à la rejoindre. Il l'avait vite entraînée dans un coin sombre, la serrant brutalement contre lui avant de l'embrasser. Une bouche chaude qui écrasait la sienne, tandis qu'une langue malhabile tentait de forcer le barrage de ses dents un peu irrégulières. Alors, Luisa avait eu comme un rire intérieur. Luis n'embrassait pas très bien lui non plus, au début. Conquise, elle avait entrouvert les lèvres et s'était abandonnée au baiser.

Les mains de Diego s'étaient un instant égarées vers la poitrine menue, puis il lui avait ardemment chuchoté à l'oreille l'adresse de ce petit hôtel populaire. Elle s'y était rendue une demi-heure après lui.

En tant que diplomate, son mari voyageait beaucoup, s'établissant tous les trois ou quatre ans dans un pays différent. Bien entendu, Luisa le suivait. À chaque fois, il lui fallait s'adapter à une langue, une culture nouvelle. Autrefois, elle le vivait bien mais maintenant c'était difficile. D'autant plus qu'elle avait fini par comprendre une chose : l'Ambassadeur préférait son pays à sa femme.

Il y consacrait tout son temps, assistant à des déjeuners de travail avec des hommes d'affaires, de multiples rendez-vous, des réunions interminables, des conférences de presse, des réceptions presque tous les soirs.

Depuis longtemps, il ne la regardait plus, ne la désirait plus. Alors une nuit, auprès de son mari qui ronflotait en lui tournant le dos, Luisa avait repensé à son merveilleux amour de jeunesse. Ce fier Andalou à qui elle avait offert sans hésiter sa virginité. Si vibrant, si passionné, si fou d'elle. À l'époque, elle aurait donné sa vie pour lui, s'il l'avait fallu.

Elle y avait songé de plus en plus souvent la nuit, puis les images étaient venues le jour aussi. Peu à peu, insensiblement, elles avaient complètement rempli sa vie, le vide, l'attente. Derrière la façade des yeux noirs si calmes de Luisa, nul n'aurait pu deviner la place essentielle qu'elles avaient prises. Combien elles étaient devenues obsessionnelles.

Luis, Luisa, le hasard n'existe pas, nous sommes promis l'un à l'autre. Cette phrase d'alors ne la quittait pas davantage. Luisa savait qu'elle ne la remettrait jamais en cause. Son amour, son grand amour n'était pas mort et ne mourrait jamais.

Au petit matin, l'Ambassadrice se réveilla, tendit une main vers le côté vide du lit : le jeune homme n'était plus là mais ce n'était pas grave. Un sourire éclatant de triomphe s'étirait sur ses lèvres minces.

Dès que le processus s'était enclenché la veille au soir, elle avait retrouvé comme à chaque fois toutes ses sensations. Intactes. C'était plus facile lorsque les hommes à qui elle se donnait étaient jeunes, évidemment. La nuit dernière, l'Argentin lui avait offert le plus beau des cadeaux ; grâce à lui, elle avait pu prendre sa revanche sur le temps. C'était sa victoire à elle, totale. Elle se sentait invincible.

À cet instant précis, si on avait demandé à Luisa pourquoi elle venait de tromper son mari, elle aurait été extrêmement choquée. Se serait sentie sincèrement offensée.

Bien sûr que non, elle ne le trompait pas ! Elle le retrouvait au contraire, à travers tous ses amants. Elle redevenait amoureuse de lui comme elle l'était à l'âge de dix-huit ans. Passionnément. Éperdument. Oui, mille fois oui, amoureuse folle de Luis Gonzalez Diaz, promis à un si bel avenir d'Ambassadeur d'Espagne. Luis, tel qu'il était… autrefois.

EVA

Cet été, je suis revenue sur l'île. Dans le car qui me conduit à Ars en Ré, grâce au pont de presque trois kilomètres, je me sens légère. Heureuse. Je me réjouis en pensant aux baignades, aux balades à vélo dans les marais salants, aux pêches de coques et de palourdes à marée basse.

Cette longue bande de terre charentaise m'a beaucoup plu l'an dernier, lorsque j'y ai passé les vacances avec mes parents. Depuis deux mois, je suis majeure. Aussi ai-je décidé de retourner sur l'île sans eux. Et malgré toutes leurs inquiétudes, ils n'ont pu m'en empêcher. Ils ont pourtant beaucoup insisté pour que ma cousine Florence m'accompagne. D'après eux, une jeune fille seule est une proie facile et avec tout ce qu'on entend à la radio… Mais je leur ai ri au nez : quels ringards ! Je connais déjà le camping, le couple de gérants. Et puis je ne serai pas seule puisqu'il y a Eva.

Nous avons correspondu par mail pendant une grande partie de l'année scolaire, nous

nous sommes téléphonées et même revues sur Skype. J'ai tellement hâte de la retrouver ! La tête farcie par les recommandations parentales, j'ai pris le TGV ce matin de Paris jusqu'à La Rochelle, puis cet autocar qui va me déposer près du camping.

Eva est le genre de fille que j'adorerais être. Jolie mais sans tapage. De longs cheveux châtains révélant une nuque fine et gracieuse lorsqu'elle les attache avec une grosse pince, d'adorables fossettes quand elle rit, une jolie peau dorée, de longues mains fines.

Moi je suis un peu ronde, je n'aime pas mon corps. Mon buste trop long par rapport à mes jambes, mon visage plutôt quelconque. J'ai même un peu honte parfois, me demandant comment un garçon pourrait réellement s'intéresser à mes formes trop généreuses.

Et puis Eva est si gentille. Douce, réservée. Et modeste avec ça. Car elle est quand-même la fille de Marie-Josée Chéron, la célèbre psychiatre qu'on entend régulièrement sur les ondes ! Mais elle ne s'en vante pas, de même qu'elle ne fait pas sa belle, alors que sa famille possède une villa magnifique au bord de l'océan.

Avec Eva je me sens en confiance. Fière d'être son amie, de savoir que je compte pour elle. Je crois bien que je l'admire. Auprès de personnes comme elle on peut encore, pendant quelque temps, oublier la médiocrité.

Je l'ai rencontrée l'an dernier sur la plage, tard en fin d'après-midi. Le deuxième ou le troisième jour après mon arrivée. Il n'y avait là qu'un groupe d'ados, buvant, parlant fort. Et au loin, se découpant sur le sable, une silhouette fine, toute petite devant l'immensité. Une fille, assise, le visage enfoui dans ses bras repliés.

Je me suis sentie étrangement émue. Toute remuée à l'intérieur. Pourquoi ? Je ne sais pas trop. Comme si cette solitude m'appelait, avait besoin de moi.

Je me suis mise à marcher vers cette fille, sur le sable chaud constellé de minuscules coquillages. Que faisait-elle là, dans cette position ? Était-elle triste, peut-être même malheureuse ? En m'entendant arriver, elle a relevé la tête. Deux yeux bleus frangés de longs cils, tout étonnés, mais totalement dépourvus d'agressivité. Je lui ai souri, lui ai dit timidement bonjour.

– Je peux m'asseoir ? ai-je demandé.
– Si tu veux, m'a répondu la fille.
– Tu es ici en vacances ?
– Non, j'habite là.

Elle a désigné du doigt la façade d'une maison qu'on apercevait entre les pins, peu après le caillebotis en bois qui permettait l'accès à la plage.

Au bord de l'eau, nous avons parlé un grand moment. Laissant l'écume des vagues nous lécher délicieusement les pieds. C'était facile, naturel. Comme si on se connaissait déjà. Un peu avant vingt heures, j'ai regardé ma montre et murmuré :

– Il va falloir que j'y aille, mes parents doivent m'attendre pour manger.

– Moi pareil, a dit Eva.

Nous nous sommes levées et sommes revenues vers le caillebotis. Et en partant, nous avons échangé nos numéros de portable.

Je ne me suis pas demandée pourquoi je m'étais sentie si spontanément attirée vers cette fille inconnue, avais aussi vite lié connaissance avec elle. C'était comme ça. Parce que les liens qui se tissent entre les êtres n'ont pas toujours besoin d'explications.

Le lendemain matin, Eva m'a rappelée. Ensuite, nous nous sommes retrouvées tous les après-midis. La fille de Marie-Josée Chéron a deux ans de moins que moi, mais ses parents la laissent très libre. L'avantage d'avoir une mère ouverte, bien informée sur les désirs et les besoins des adolescents, ai-je tout de suite pensé. Quelle chance, moi qui subis sans arrêt les recommandations de la mienne, toujours anxieuse en ce qui concerne la seule fille qui lui reste! Bien sûr c'est essentiel l'amour des parents, mais parfois ça peut aussi devenir étouffant et j'en sais quelque chose…

Eva Chéron connaît bien l'île. Elle m'en a peu à peu dévoilé les trésors, m'amenant dans des endroits encore sauvages, peu fréquentés par les touristes. À marée basse, moi la Parisienne connaissant si peu l'océan, j'ai découvert avec émerveillement toute une vie grouillante dans les petits trous d'eau parmi les algues : crevettes, crabes, petites étoiles de mer rouge vermillon et bouquets d'anémones vertes aux tentacules fluides...

Eva m'a raconté un tas d'anecdotes sur sa famille. Sur les personnes connues qu'elle croise souvent chez elle. Elle s'est confiée à moi, sans détour. Sa vie me paraît très enviable. À un détail près. Marie-Josée Chéron travaille énormément. Elle est peu disponible, même quand elle est en vacances. Et Eva en souffre beaucoup.

Touchée par sa franchise, je me suis également ouverte à elle. Lui ai raconté mes secrets les plus intimes. Lui ai expliqué ma passion folle pour les animaux. J'en ai recueilli tellement chez moi ! Chats abandonnés, chiens éclopés, oiseaux tombés du nid que j'ai réussi parfois à sauver. Ma mère dit que je suis un véritable Saint-Bernard, prête à aider toute créature en perdition. Actuellement, j'ai trois chats, deux chiens, des poissons et une pie apprivoisée.

Douces journées remplies d'écume. De sel. De bleu. Au goût d'amitié véritable.

Calée dans le siège confortable, j'ai fermé les yeux Je repense aux formidables soirées partagées avec Eva. Nous nous retrouvions après le repas au Café de la Plage, sur le front de mer. C'est le lieu de rendez-vous de tous les jeunes autour des flippers, billards et baby foot... J'y ai appris avec plaisir à jouer aux fléchettes, ai participé à de mémorables karaokés dans une ambiance délirante. J'ai pu y déguster des cocktails avec beaucoup d'alcool auxquels j'ai pris goût, expérimentant ainsi des états d'ivresse légère. Heureusement, mes parents n'en ont rien su !

Peu à peu, au fil des heures, de petits groupes se formaient, des couples aussi. Beaucoup allaient s'asseoir sur le sable ou marcher au bord de l'eau.

J'ai eu plusieurs flirts sans lendemain avec des garçons aux yeux brillants, aux mains hardies. Avant ma rencontre avec Eva, j'étais plutôt timide. Mais auprès d'elle, j'ai pris de l'assurance. J'ai réussi à oublier que je ne suis pas très jolie.

Dès mon arrivée au camping, j'installe ma

petite tente de randonnée, légère et pratique. L'emplacement est à l'abri du vent, je n'ai même pas besoin de planter les piquets. Puis, mon sac de toile contenant ma serviette et ma crème solaire sur l'épaule, je me rends enfin au Café de la Plage, où mon amie m'a donné rendez-vous. Quel bonheur de la revoir! Je suis un peu en avance et installée en terrasse, je souris aux anges. Le ciel est dégagé, d'un bleu pur et radieux. Comme cette journée est belle...

Justement voici Eva, entourée d'un groupe d'ados un peu bruyant. Un garçon la tient par la taille. Mignon. Bronzé. Avec un sourire vraiment craquant. Eva lève la tête vers lui, rayonnante. Je me sens sincèrement heureuse pour elle.

Pourtant au bout d'un moment, quelque chose d'à peine perceptible me dit que mon amie a changé. Moins vulnérable peut-être. Plus superficielle. Moins proche de moi. Les présentations faites, nous allons tous sur la plage. Nous nous baignons dans l'eau fraîche, plongeant sous les rouleaux écumants.

Mais je dois bien m'avouer que je suis un peu déçue. Eva n'a d'yeux que pour le grand gars à la peau cuivrée, s'amusant à la faire couler au milieu des rires. Malgré tout, j'essaie de faire bonne figure. Intérieurement, je me sermonne : *allez, cette attitude est normale,*

Eva est amoureuse c'est tout ! Nous nous retrouverons plus tard toutes les deux, en tête à tête...

Tout le monde est sorti de l'eau, sauf Eva. Elle fait la planche, insouciante, se laissant porter au loin par le dos des vagues. Assise sur ma serviette, je ne parviens pas à la quitter des yeux. Une étrange nervosité m'envahit peu à peu. Une espèce de panique irraisonnée. Soudain, je réalise que j'ai très peur pour mon amie. Et si une lame de fond allait l'emporter? Si elle disparaissait là, maintenant ?

Alors, d'une manière tout à fait inattendue, un visage s'impose dans mon esprit. Venu de très loin. Des petits yeux vifs, une tignasse brune, une peau à l'odeur de lait. Roxane. Cette sœur de trois ans ma cadette, que j'aimais, que je protégeais de mon mieux. Dont je me sentais responsable. Un rôle que je prenais très à cœur.

Un jour elle est tombée malade, a dû être hospitalisée. Pendant plusieurs semaines, toute la famille a terriblement tremblé. Follement espéré. Chaque soir, j'allais avec ma grand-mère faire brûler un cierge à l'église. Mais tout ça n'a servi strictement à rien. Un matin d'horreur, Roxane n'a plus été là. Mon père m'a appris qu'une leucémie aiguë l'avait emportée.

Je secoue la tête, comme pour chasser mes

souvenirs. Essuie discrètement les larmes qui brouillent ma vue. Depuis longtemps, cette période douloureuse était enfouie tout au fond de ma mémoire. Je ne voulais surtout pas y repenser. Prenant grand soin de ne jamais la laisser affleurer à ma conscience. Et voilà que tout est là, à nouveau. Franchement, ce n'est ni l'endroit ni le moment !

Près de moi, les autres discutent en se séchant. Le copain d'Eva s'appelle Yvan. Il passe les doigts dans sa chevelure, démêlant ses longues boucles brunes. Ses muscles jouent souplement sous la peau fine de ses épaules, de ses bras. Les yeux à demi fermés à cause du soleil encore fort malgré l'heure tardive, je le regarde. Il est beau. Elle en a de la chance, Eva Chéron !

Je comprends que je viens de parler tout haut lorsque j'entends Yvan me répondre :

– Charron, tu veux dire.

– Comment ?

– Eva vit chez les Charron, pas Chéron.

– Mais... elle s'appelle bien Chéron, comme sa mère Marie-Josée !

Le garçon me regarde d'un air ahuri.

–Eh oh, arrête de me regarder comme ça, on dirait que tu me prends pour une demeurée !

– Tu veux dire... Marie-Josée Chéron, celle qu'on entend à la radio?

– Ben oui, la psy ! Eva est sa fille, non ?

Yvan part d'un rire énorme, comme s'il n'avait jamais rien entendu de plus drôle.

– C'est Eva qui t'a dit ça ? Eh ben elle ne manque pas d'air ! Tu sais, il ne faut pas croire tout ce qu'elle raconte ! Je l'aime bien, mais entre nous, elle est plutôt mytho comme nana !

– Ça c'est sûr, renchérit une fille aux gros seins qui se change sans pudeur sous les yeux de tous.

Et sans me ménager, elle explique :

– J'habite à Ars et je peux te dire que cette maison appartient aux Charron depuis des lustres ! Lui, il est banquier à la Rochelle. C'est la famille d'accueil d'Eva, elle a été placée chez eux il y a deux ans par la DDASS.

Époustouflée, je reste sans voix. Les autres, gênés, ne disent rien. Les joues en feu, les larmes brûlant mes cils salés, je me lève. À toute vitesse, je fourre mes affaires dans mon sac. Furieuse. Humiliée. Trahie.

J'entends encore Yvan s'étrangler de rire alors que je m'éloigne en me tordant les pieds dans le sable mou.

C'est pendant la nuit suivante, ne trouvant pas le sommeil, que j'ai commencé à entrevoir une lumière timide, nouvelle, venant éclairer différemment les évènements. Une vérité qui m'avait échappé jusque-là : toutes mes prières n'ont pu sauver Roxane. C'est peut-être pour ça que depuis, je tente de venir en aide à tout être que je sens fragile. Comme pour me racheter.

ŒUVRE D'ART

Ils étaient tout juste mariés et avaient chacun vingt ans lorsque l'idée germa. Émanait-elle de Sébastien ou de Marie ? Aujourd'hui, aucun d'eux n'aurait su le dire. Ce qui était sûr, c'est qu'à l'époque, elle les avait également enchantés.

Ils en avaient longuement parlé lors de leurs soirées en tête à tête, avaient imaginé, esquissé d'innombrables croquis sur des brouillons, recherché les plus beaux styles possibles dans les livres d'art. Après s'être abondamment renseignés et avoir contacté différents artistes, leur choix s'était finalement porté sur un Suisse exerçant à Genève.

– C'est l'un des meilleurs, avait dit Seb, et puis il est le seul à ne pas avoir discuté nos conditions.

Pour financer leur projet, ils avaient sacrifié non seulement leurs économies mais avaient dû prendre un crédit. Le professionnel suisse leur avait annoncé un prix très élevé et il fallait ajouter les frais du voyage et du séjour sur place d'environ une semaine. Malgré le tarif, ils n'avaient pas rechigné. C'était à la mesure de l'investissement à vie qu'ils s'apprêtaient à faire. Chacun le sait, le grand talent se paye.

En vérité, ils n'auraient pas agi autrement s'ils avaient décidé d'acheter un appartement. Mais mieux se loger n'était pas dans leurs préoccupations du moment. Très jeunes et insouciants, ils avaient accepté sans problème de vivre dans le petit deux pièces au fond du jardin des parents de Sébastien. Cela leur allait très bien.

Un matin d'hiver, ils prirent donc l'avion à l'aéroport de Bordeaux, avec leurs sacs de voyage et une grande chemise contenant leurs croquis.

Elias Favre les reçut avec gentillesse. Il étudia les dessins avec beaucoup d'attention, proposant simplement quelques modifications que Sébastien et Marie trouvèrent judicieuses et acceptèrent.

L'attitude respectueuse de l'homme les avait mis en confiance, aussi c'est sans appréhension qu'ils se présentèrent le lendemain à son studio.

Il commença par Sébastien. De même qu'autrefois les hommes des tribus se faisaient tatouer pour montrer leur force et leur virilité, le jeune homme avait choisi des dessins polynésiens très expressifs, à graver sur son corps à la peau mate. Très soucieux de sa silhouette, il pratiquait la culture physique ; sur ses biceps, sa poitrine, son dos et ses cuisses musclés, les motifs rituels aux couleurs vives prirent d'heure en heure des reliefs saisissants, fruits de la dextérité exceptionnelle de l'artiste.

Le tatouage de sa compagne demanda davantage de temps et de finesse. Derrière la nuque de Marie, prenait naissance une longue liane fleurie aux tons pastels, qui courait tout le long de son dos, se séparait en deux pour épouser la courbe des fesses, descendait gracieusement le long des jambes jusqu'aux chevilles. Sur le dessus des pieds, la longue hampe florale s'épanouissait en larges corolles avant de remonter sur les mollets et les cuisses en fines arabesques, s'enrouler délicatement autour du nombril, et de fleurs en feuillages exquis aux couleurs dégradées, venir mourir sur les seins.

Le tatoueur s'était véritablement surpassé et il fut lui-même surpris lorsqu'il considéra son travail achevé : comme si une sorte d'alchimie s'était naturellement créée entre le dessin, les couleurs douces, nacrées, les courbes du corps de la jeune femme et sa carnation très claire, le résultat final était impressionnant.

Mais ce n'était pas tout. Le projet des jeunes mariés allait bien plus loin. Aussi fou que cela puisse paraître, ils avaient pris la décision d'immortaliser leur amour dans leur chair. De porter sur eux la trace indélébile de leur passion, encrée à jamais dans la peau.

Ainsi qu'ils le lui avaient demandé, Elias Favre avait donc inscrit délicatement à plusieurs endroits de leurs corps leurs deux prénoms entrelacés. Lors de la première entrevue, il avait cependant insisté pour que ceux-ci apparaissent à des endroits peu visibles : sous les bras tout près des aisselles, au niveau de l'aine, derrière l'oreille. Son argument principal portait sur le fait que ce projet était très intime et que les autres n'avaient pas à en connaître tous les aspects.

Aujourd'hui, Marie comprenait que le tatoueur avait vu plus loin et avait fait preuve de sagesse et de tact. Il savait qu'un amour ne dure pas forcément dans le temps et voulait leur éviter de poser trop souvent leurs yeux sur leurs deux prénoms unis. Mais s'il le leur avait dit en ces termes, les jeunes gens ne l'auraient certainement pas écouté.

Afin de moins penser à la douleur engendrée par les aiguilles, Elias Favre leur avait également conseillé de beaucoup parler pendant les séances. Ils ne s'en étaient pas privés, ce qui n'avait pas été trop difficile car ils étaient tous les deux d'un naturel bavard. Ainsi, la souffrance ressentie avait été tout à fait supportable. Les tatouages furent donc réussis à tous points de vue.

Une fois la période de cicatrisation terminée, les premiers temps furent un enchantement pour Sébastien et Marie. Ils ne se lassaient pas de leurs nouveaux corps, les redécouvrant chaque jour avec bonheur, chaque soir avec émerveillement.
Celui de la jeune femme surtout, suscitait l'admiration sans réserve de son époux. Il répétait qu'au cours de sa vie, c'était le tatouage le plus subtil qu'il lui ait été donné de voir. Un acte extraordinaire, transformant le corps de sa compagne en une véritable œuvre d'art.

La logique aurait voulu que leur joie, leur enthousiasme, s'estompent peu à peu au fil des années. Ce fut naturellement le cas pour Marie, qui désormais habituée aux motifs guerriers recouvrant la peau de son mari et à la longue liane ornée de tiges et de fleurs exotiques sur son propre corps, n'y investissait plus la même passion. Bien sûr, elle les trouvait encore très esthétiques. Elle aimait promener ses doigts de temps en temps sur les dessins maoris de son homme, dont l'intensité des couleurs n'avait pas diminué. Mais cela n'avait rien à voir avec l'intérêt toujours aussi vif qui animait Sébastien. Étrangement, son engouement à lui ne s'apaisait pas. On aurait même dit que peu à peu, avec le temps, il prenait davantage d'ampleur.

Si quelqu'un avait demandé à Sébastien ce qu'il pensait de sa vie, il aurait répondu qu'il était un homme comblé. Il aimait son travail de médecin généraliste, qu'il exerçait depuis peu dans un cabinet tout près de chez lui, où il pouvait même se rendre à pied. Il commençait à se faire une clientèle et ses associés étaient sympathiques. Quant à sa femme, elle était toujours aussi merveilleuse, une véritable fée d'intérieur. Grâce à lui et à ses bons revenus, elle avait la chance de pouvoir rester à la maison. Ils n'avaient pas d'enfant, mais n'en voulaient pas pour l'instant, préférant profiter de leur jeunesse au maximum avant de s'engager dans une vie de famille.

La réponse de Marie à la même question aurait été sensiblement différente. C'est certain, elle n'avait vraiment pas à se plaindre. Elle aimait son mari et c'était réciproque. À vingt-huit ans, elle préférait attendre un peu avant de devenir maman. Elle avait encore le temps. Et puis ils sortaient beaucoup, Seb et elle, ce qui n'était pas pour lui déplaire. Elle appréciait leur petit logement, qu'elle avait entièrement décoré elle-même. En dehors des tâches domestiques, elle consacrait une bonne partie de ses journées à lire, faire du vélo ou courir au bord de la Garonne, qui passait derrière chez eux. Elle effectuait également quelques heures de bénévolat par semaine dans une petite association d'aide aux personnes handicapées. Son existence était en somme très agréable. Une existence que sans aucun doute, toutes les femmes de son âge rêveraient d'avoir. Pourtant, depuis quelque temps, une sensation diffuse venait étrangement assombrir son quotidien. Comme une sorte d'inquiétude, d'angoisse irraisonnée qu'elle ressentait de plus en plus souvent et n'arrivait pas à identifier. Elle ne pouvait nier que cette impression s'accentuait au fur et à mesure que le soir arrivait.

Un jour, elle n'y tint plus. Elle décida de s'en ouvrir à sa sœur aînée, dont elle était restée très proche. Sans nul doute, Mélanie l'aiderait à y voir plus clair. Elle lui téléphona et elles se donnèrent rendez-vous chez Marie pour le lendemain après-midi.

Assise dans le petit coin salon devant son thé à la rose, Mélanie écoutait Marie avec un étonnement grandissant. Pour elle, sa sœur et Sébastien représentaient le couple parfait. En effet, après dix années de vie commune, ils étaient toujours très proches et elle ne leur connaissait aucune brouille sérieuse. Ils partageaient beaucoup d'activités et étaient entourés d'amis fidèles. Si elle était tout à fait honnête envers elle-même, elle les enviait même un peu, elle qui passait d'un petit ami à l'autre sans arriver à se fixer.

Or, depuis l'appel de Marie la veille, son intuition lui soufflait qu'il y avait peut-être bien un problème au cœur de cette belle entente. Quelque chose de grave, que sa sœur refusait de voir. Elle essaya donc de l'amener doucement vers ce terrain douloureux, mais qui paraissait incontournable.

– Depuis combien de temps éprouves-tu ce malaise ?

– Je ne sais pas trop, cinq ou six mois peut-être…

– Et à part le fait qu'il s'intensifie lorsque le soir arrive, tu le relierais à quoi exactement?

Les questions de Mélanie étaient de plus en plus précises et malgré les réflexes de défense de Marie autour de son couple, quelque chose de nouveau commença à apparaître. Oui, l'angoisse augmentait bel et bien quand se rapprochait le moment où Seb allait rentrer. Plus précisément encore, elle atteignait son paroxysme lorsque, le repas terminé, il entraînait Marie jusqu'au lit, en lui murmurant à l'oreille qu'elle était sa beauté, sa merveille.

Un long frisson parcourut le dos de

Mélanie : ce que décrivait sa sœur ressemblait étrangement à de la peur.

Cette nuit-là, auprès de son mari endormi, Marie ne put fermer l'œil. La discussion de l'après-midi l'avait profondément remuée. De plus, elle s'était obligée à prêter une plus grande attention à l'attitude de Sébastien durant la soirée. Et elle ne pouvait plus reculer devant l'évidence, il y avait bien un gros souci. Quand ils faisaient l'amour, son homme n'avait pas un comportement normal.

Depuis plusieurs années, leur relation sexuelle commençait toujours de la même façon. D'abord, Sébastien déshabillait sa femme. Une fois le corps nu livré à son regard, il le contemplait avec adoration, tout en retenant son souffle. Il abreuvait Marie de compliments, suivait des yeux la longue tige végétale ornée de fleurs tropicales, avant de prendre le temps de caresser voluptueusement le velours de sa peau.

Il y a quelque temps encore, elle était fière de cette attention que son mari lui portait, du plaisir qu'il lui donnait parfois, uniquement par le jeu de ses mains savantes. Elle aimait aussi l'entendre lui parler avec poésie des vallons et des collines de son corps, si bien mis en valeur par le tatouage, s'arrêtant toujours un peu plus longuement sur le promontoire des tétons, où

venait s'achever le dessin de la liane.
– C'est la seule géographie que je souhaite connaître à fond, lui murmurait-il d'une voix tendre, avant de se laisser aller lui aussi aux caresses et aux baisers de Marie.

Mais aujourd'hui, elle devait s'avouer que ce n'était plus pareil. Les gestes de son mari n'étaient plus doux ni sensuels. Tout en frémissant d'impatience, Sébastien lui arrachait presque ses vêtements. Les avait déchirés même, une fois. Dans une urgence affolante, ses mains prenaient possession du tatouage avec avidité.

Au début, la jeune femme avait cru qu'il s'agissait d'un jeu érotique. Peut-être un désir légitime de renouveler son ardeur à elle un peu émoussée ou de l'amener vers de nouvelles expériences à deux. Curieuse et ouverte, elle avait tenté à son tour des caresses un peu brutales, sauvages. Mais le jeu ne durait pas. Au bout d'un moment, Sébastien la sommait d'arrêter, la regardant avec surprise. Puis il redevenait sans transition l'homme plus câlin qu'elle connaissait et ils retrouvaient leur complicité habituelle.

Marie s'était un peu étonnée de ce rituel fougueux, mais sans aller jusqu'à s'inquiéter vraiment. *Seb ne me fait aucun mal*, se disait-elle, *il m'aime simplement avec la même passion depuis des années, comme un adolescent qui n'aurait pas grandi.* Or, elle devait bien le reconnaître, c'était faux. En réalité, cette passion ne cessait de s'exacerber avec le temps.

Après la fébrilité des mains qui suivaient la liane fleurie en n'omettant aucun détail, il s'était mis à la parcourir longuement avec les lèvres, à lécher et mordiller les prénoms, en proie à une grande excitation, poussant de petits grognements de satisfaction. En d'autres circonstances, cela aurait pu être amusant, mais là encore, il ne s'agissait pas d'un jeu. Marie avait essayé d'amener son époux vers des plaisirs partagés. En vain : à ces moments-là, il ne prêtait plus aucune attention à elle. *C'est là que mon angoisse a dû commencer à se mettre en place,* pensa-t-elle. *Quand j'ai senti que ce manège dépassait le stade du fantasme.*

Sa longue conversation de l'après-midi avec Mélanie lui avait dessillé les yeux. Notamment quand sa sœur, plongeant son regard clair dans le sien, lui avait dit :

– En fait, si je comprends bien, avec Seb tu ne te sens plus toi-même. Il te considère plutôt comme *sa chose…*

Marie l'avait regardée avec effarement. Puis elle avait dû admettre que c'était exactement ça. Elle n'avait plus le sentiment d'être une femme aimée par son mari. Pour lui, elle n'était plus qu'un corps. Un corps sur lequel étaient incrustés des dessins extraordinaires, uniques, peints avec des encres de couleurs. Qu'il était seul à voir, à vénérer, comme il se plaisait à le lui rappeler sans cesse. Peut-être cela le valorisait-il, comme certains se sentent parfois supérieurs lorsqu'ils possèdent des objets rares. Toujours est-il qu'elle était devenue œuvre d'art. Une œuvre d'art livrée à un homme possédant une faille, jusqu'alors passée inaperçue.

Désormais, elle ne pouvait plus ignorer que la dérive de Seb s'était progressivement installée au fil du temps et qu'à présent, elle virait au fanatisme. Maintenant il ne riait plus, ne s'occupait plus du tout de son plaisir à elle. Il n'existait plus entre eux deux la moindre complicité. Et ce soir, elle avait même surpris dans le regard de son mari une lueur hallucinée qui l'avait tétanisée.

Le lendemain, dès qu'il se rendit au cabinet médical, Marie fit résolument ses valises. Elle avait réfléchi toute la nuit et pris sa décision, avant que les choses ne s'aggravent encore. Elle n'éprouvait plus pour cet homme qui avait partagé sa vie, qu'un sentiment de pitié amère. En vérité, elle avait peu à peu cessé de l'aimer, mais n'avait surtout pas voulu se l'avouer jusque-là. Jusqu'où ce cauchemar aurait-il pu aller ? Sébastien aurait-il fini par devenir réellement violent ? Jaloux du regard des autres hommes sur elle ? Il avait d'ailleurs commencé à faire des scènes désagréables en ce sens. Sans compter que de plus en plus souvent au cours de la journée, il rentrait à l'improviste à la maison, sous des prétextes futiles. Quand un client avait décommandé son rendez-vous par exemple. N'aurait-il pas été jusqu'à l'enfermer, la séquestrer pour s'assurer de l'exclusivité de son œuvre d'art ? On avait déjà vu ce genre de déviance dans les faits divers.

Sébastien ne s'en sortirait que s'il se faisait soigner. Quant à elle, elle ne resterait pas un jour de plus auprès de lui. Elle refusait catégoriquement d'assister à la progression de son délire. Elle en avait assez vu.

Tout d'abord, elle séjournerait quelque temps à Paris chez Agnès, son amie d'enfance. Car Mélanie avait appris l'existence d'un centre spécialisé venant tout juste d'ouvrir dans la capitale et utilisant la technique du laser pour enlever les tatouages. Elle avait offert à sa sœur son aide financière. Ainsi, Marie pourrait se faire retirer le sien.

Ensuite, elle repartirait vivre chez ses parents, le temps de chercher un travail et d'obtenir le divorce.

Ce que la jeune femme ne pouvait deviner, c'est qu'elle tomberait très vite amoureuse du voisin d'Agnès. Que ce serait réciproque. Que celui-ci, sans posséder les graves travers de Sébastien, serait également subjugué par le fabuleux tatouage qu'elle portait sur le corps. Qu'il lui demanderait de ne pas avoir recours au laser. Qu'elle accepterait et garderait la longue liane fleurie, gravée sur sa peau claire.

Marie resterait à jamais une œuvre d'art.

LA COULEUR NOIRE DE L'AMOUR

– Ah bon, tu ne vas pas te marier en blanc ? a persiflé Jeanne.

Et elle n'a pu s'empêcher d'ajouter méchamment :

– C'est vrai que pour toi, blanc ou noir, c'est un peu pareil.

Je me suis sentie devenir toute rouge. Un rouge brûlant qui s'est mis à cuire mes joues. Pourtant, ce n'est pas la première fois qu'on me fait une remarque de ce genre à propos de ma vision particulière des couleurs. Et puis Jeanne sait très bien que ce qu'elle a dit est faux. Mais je suis très sensible. Et ça, elle le sait aussi.

D'accord, je sais que les couleurs, je ne les verrai jamais comme vous. Et alors ? Aucun doute, les miennes sont bien là. Très présentes et très vraies. Tout autant que les vôtres. Pourquoi seraient-elles moins réelles ? Elles sont différentes, c'est tout.

J'avais tout juste deux ans quand maman a commencé à me les apprendre. Et je peux dire que depuis, j'en ai mémorisé des centaines.

Quand je suis allée au bord de la mer pour la première fois, j'étais très petite, mais je m'en souviens. Maman m'avait dit qu'elle était bleue, verte ou grise selon la couleur du ciel qu'elle reflète. Ce jour-là, elle était verte. Lorsque j'ai avancé vers elle en serrant très fort la main de papa, j'avais peur à cause du bruit assourdissant des vagues. Mais j'ai vite adoré l'eau qui fouettait mes jambes nues, moussait en picotant sur mes doigts et dans laquelle je me suis mise à sauter comme notre chien Jaïko quand il me renverse en jappant de joie.

– Et le ciel, il est tout froid et mouillé lui aussi ? avais-je demandé à papa.

– Oui ma Clotilde, m'avait-il répondu, à cause de l'altitude et des nuages pleins d'eau qui s'y promènent.

J'ai compris alors que le vert pouvait être froid et mouillé, avec une forte odeur d'iode et de sel qui pique les yeux.

Je savais déjà que l'herbe aussi est verte, ainsi que la mousse des forêts et les feuilles des arbres quand elles sortent des bourgeons, toutes tendres, encore un peu poisseuses. Mais je n'ai pas confondu. Je ne confonds jamais. Pour moi, le vert de l'herbe avait déjà pris la couleur du rire de Paul, mon grand frère, quand nous nous couchions en haut du pré derrière la maison et que nous nous laissions rouler jusqu'en bas. Celui de la mousse était plein de petits brins doux à l'odeur d'humus, que j'aimais respirer à plein nez.

Pour vous, les nuances des couleurs ont un nom bien précis. Vous dites *vert clair*, *vert anis, vert olive* ou encore *vert émeraude*. Je ne peux définir ainsi les miennes, car elles sont infinies. Chacune de mes couleurs a une odeur, un son, une émotion qui n'appartient qu'à elle.

Si j'avais voulu, j'aurais pu répondre à Jeanne :
– Ce qui t'embête le plus, c'est que moi, j'ai rencontré l'amour.

Ça lui aurait cloué le bec, elle qui change de petit ami tous les quatre matins. Mais ça n'aurait servi à rien de jeter de l'huile sur le feu. J'ai préféré me taire.

Du plus loin que je remonte dans mes souvenirs, ma sœur a toujours été jalouse.

Elle avait trois ans quand je suis née et Paul presque cinq. Je suis la petite dernière. Malheureusement, personne n'avait prévu que mes nerfs optiques seraient atrophiés. Je suis aveugle de naissance. Bien sûr, mes parents ont été d'autant plus présents et attentifs vis-à-vis de moi, ce que Jeanne a mal supporté. Mais je refuse d'en porter la faute.

Mis à part ma sœur, personne dans la famille ne me faisait sentir que j'étais différente. Je ne l'ai vraiment compris qu'au moment d'aller à l'école. Non, je ne suivrais pas le cursus de mes aînés et n'apprendrais pas non plus à lire les livres dont je tournais les pages, confortablement installée sur les genoux de maman quand elle me racontait une histoire. Pour moi, ce serait le braille et l'Institut des Jeunes Aveugles à Toulouse. C'est d'ailleurs la raison pour laquelle nous sommes venus habiter tout près de cette ville peu après ma naissance.

En vérité, ce n'est pas très grave pour moi de ne pas voir avec mes yeux. Je vois quand-même. Autrement. Il paraît qu'ils sont beaux, ces *deux lacs clairs et calmes,* comme dit parfois papa. Je sais qu'ils s'harmonisent parfaitement avec la blondeur mousseuse de mes cheveux.

Et puis je possède une oreille plus fine que la plupart des gens. C'est peut-être pour ça que depuis l'enfance, j'adore le piano. Mes parents m'ont fait prendre des cours très jeune et j'en joue avec beaucoup de plaisir. Aussi il y a trois ans, quand l'Institut m'a proposé de préparer le CAP d'accordeur, j'ai tout de suite été d'accord. Au cours de ma dernière année de formation, j'ai eu un stage à effectuer en entreprise et c'est là que le premier jour, j'ai rencontré Jonathan.

C'était un matin coloré de mauve. L'air était

doux, printanier et la veille au soir, maman et moi avions cueilli quelques branches odorantes du lilas du jardin, qu'elle avait ensuite disposées dans un vase sur la table du salon. Parfum subtil et entêtant à la fois, dégoulinant de mauve, qui dès le petit déjeuner, avant même que maman me conduise à l'entreprise, m'avait offert la teinte de ma journée.

Connaissez-vous les petits porte-bonheur à cinq pétales que l'on cherche dans les grappes de fleurs ? Je n'ai pas mon pareil pour les sentir sous mes doigts. Vous les glissez ensuite dans l'échancrure de votre chemise ou de votre tee-shirt et ils vous portent chance. J'en ai trouvé ce matin-là, c'est peut-être ce qui a fait basculer mon destin.

Jonathan était employé depuis deux ans dans l'établissement. Aveugle lui aussi. Une voix chantante, sincère mais très triste, où j'ai tout de suite reconnu les accents douloureux de la solitude. Un immense respect des instruments sur lesquels nous travaillons, qui m'a profondément touchée. Et une oreille musicale exceptionnelle, plus développée encore que la mienne. N'a-t-elle pas su entendre sans parole mes espoirs les plus fous ?

Nous avons plongé très vite ensemble dans

la couleur noire de l'amour. Pour moi, la plus belle. Celle du mystère, du secret, de l'intimité à deux que je vivais pour la première fois de ma vie. Très proche de celle que l'on peut sentir vibrer dans le silence de la nuit, quand on lève la tête vers le ciel. Une autre dimension, magique, sacrée. Vous devez pouvoir me comprendre, vous les voyants, puisque vous affirmez que la nuit est noire.

C'est pour cette raison précise que je n'épouserai pas Jonathan en blanc. Je veux revêtir la couleur de mon amour pour lui. Le jour du mariage, je porterai la tenue que je suis allée acheter avec maman. J'ai un peu hésité entre robe et tailleur. Finalement, j'ai choisi la petite robe noire.
La petite robe noire, c'est aussi le nom du parfum de Guerlain que je porterai ce jour-là. Mon préféré.

LE CŒUR A SES SAISONS

Elle est bien emmitouflée dans son manteau d'hiver et ses bottes en cuir fourrées montent jusqu'aux genoux. Sans bruit, elle referme la porte de la maison. Elle traverse la pelouse recouverte d'une fine couche de givre qui feutre ses pas et laisse ses empreintes sur le sol. Au-dessus d'elle, le ciel est bleu étincelant et malgré le froid vif, la caresse du soleil sur son visage très douce, bienfaisante.

Devant la maison, elle coupe à travers la place où s'épanouissent des arbres d'essences toutes différentes. Bientôt au mois de mars, elle s'extasiera devant les fleurs blanches du prunier aux pétales si légers, à la senteur si délicate. Au début de l'été, elle récoltera celles du tilleul à l'arôme miellé. Le grand sapin sera alors tout bruissant de chants d'oiseaux et le saule pleureur, dont les tiges se penchent gracieusement vers le sol, portera sa parure de longues feuilles vert d'eau.

Mais pour elle, incontestablement, le roi des lieux est l'albizia. Parfois, les soirs d'août, à la fraîche, elle ira jusqu'à lui, attrapera une branche basse, observera un moment les feuilles finement ciselées, puis elle cueillera l'une des fleurs qu'elle aime tant, avant d'aller marcher un peu.

Elle sourit en pensant aux jolis mots que les arbres de la petite place lui inspirent. Tableau idyllique ? Peut-être pas, une certaine année où le doute s'était immiscé dans son cœur à propos de son couple, où elle ne savait plus vraiment si elle avait envie de continuer à vivre là… Mais la nature lui faisait du bien malgré tout et en se promenant, elle respirait de temps en temps le parfum subtil du petit plumeau rose qu'elle tenait entre ses doigts.

Anaïs. La petite Anaïs qu'elle avait vue grandir. Qui venait si souvent goûter à la maison, qu'elle aidait à faire ses devoirs quand sa mère, qui l'avait élevée seule, rentrait tard du travail le soir. Dès qu'elle le pouvait, elle lui confectionnait des crêpes. Elle aimait voir la petite fille les engloutir l'une après l'autre, après les avoir largement tartinées de Nutella et rajouté une bonne dose de sucre roux. Visage heureux encadré par de sages nattes blondes...
Anaïs. Vingt-deux ans depuis peu. Fraîche, douce. Corps parfait aux longues jambes fines.

Et le démon de la quarantaine ne sévissant que chez les autres qui avait ensorcelé Martin, subjugué devant cette éblouissante jeunesse.

Elle respire un bon coup en continuant à marcher, s'oblige à rester présente à sa balade matinale. Au bout de sa rue se trouve la vigne. Un grand carré de ceps un peu tordus, que sa famille nomme *la vigne*, comme s'il n'y en avait qu'une dans le coin, alors qu'en automne la région ondule de rouge, jaune et or autour des innombrables châteaux de grands vins. C'est ce qu'elle préfère dans le bordelais, ces vignobles bien entretenus au bout desquels dès le printemps s'épanouissent des buissons de rosiers rouges. Et juste avant les vendanges, les lourdes grappes juteuses, violettes ou vert doré, qui sont cueillies à la main, ne dérogeant pas à la tradition.
Puis à la nuit tombante, les lapins de garenne que l'on aperçoit entre les rangs et qui, lorsqu'ils vous entendent, s'enfuient soudain tout bondissants en dévoilant le bout de leur queue blanche.

Elle marche vite, précédée par les petits nuages de buée que son souffle forme dans l'air lumineux. Elle voudrait ne plus penser, mais le processus des souvenirs est enclenché. Anaïs. Martin et Anaïs. Passion soudaine, dévastatrice. Née du regard différent de son mari sur la fille de leur voisine devenue femme. Du penchant d'Anaïs pour les hommes mûrs. *Peut-être,* se dit-elle, *par manque de père durant son enfance et son adolescence.*

Il faut reconnaître que Martin a été honnête, il lui en a parlé tout de suite. Dès le premier baiser échangé. Non il ne voulait pas que cela continue, non, bien sûr que non. Il l'aimait, elle, sa femme, d'un amour immense qui avait déjà surmonté bien des épreuves. Et puis il était fou de leurs deux petites filles. Pour rien au monde, il ne mettrait en péril leur équilibre à tous les quatre.

L'été qui se dessinait alors plein de promesses, vacances, farniente, sorties prévues à la plage, avait vite viré au cauchemar.

Ayant tourné juste après le château de Roquebrune, elle arrive devant les grands buissons de ronces qui bordent la petite route. Elle s'est trouvée là de si nombreuses fois, à cueillir les mûres avec Martin et les filles ! On y vient à vélo, on remplit des bouteilles en plastique jusqu'à ras bord, on les ramène en riant dans les sacs à dos.

Puis on fait cuire une excellente confiture, qui embaume la cuisine et enchante les petits déjeuners d'hiver. Hum… les mûres gorgées de soleil… qui éclatent sous la langue… Elle sent précisément le goût acidulé de celles qui ont encore des grains rouges, les meilleures... Elle revoit les yeux brillants de plaisir de Camille sa plus jeune fille, le fin visage barbouillé de jus noir et sucré, les doigts tout tachés à force d'écraser les petits fruits mûrs en les attrapant. Une fois, elle se souvient, Camille avait juste un an, elle en avait mangé pendant près d'une heure. Elle avait craint que la petite fille en soit malade, mais non, même pas...

C'est drôle comme ses souvenirs la ramènent toujours à l'été. Tout à l'heure les arbres de la place, la fleur d'albizia, maintenant les ronciers. L'été qui lui rappelle encore et encore le début de cet amour interdit ayant menacé d'anéantir leur couple, leur famille.

Martin et elle en parlaient souvent. Ouvertement. Avec une franchise totale. Rien de banal dans cette attitude, elle en convient. Pourtant c'est bien ce dialogue, cette confiance entre eux qui lui a permis de ne pas sombrer.

Elle revoit son mari, penaud mais déterminé, passant une main tremblante dans ses cheveux déjà grisonnants :

– C'est toi l'amour de ma vie, mais je ne peux pas renoncer à elle.

Sur la demande de la jeune femme, elle a aussi rencontré Anaïs à plusieurs reprises. Toujours éclatante de blondeur, mais l'éclat pur de ses yeux clairs chargé de culpabilité :

– Pardon, pardon, je n'arrive pas à le quitter.

Car c'est vrai, ils ont tenté maintes fois de se séparer. Honnêtement. Sincèrement. Avec, à chaque fois, un immense déchirement.

Mais elle l'a bien vite compris, ils n'y parvenaient pas. Dès le début, ces deux-là ne pouvaient déjà plus mettre fin à leur relation. Rien à faire, c'était plus fort qu'eux. Une sorte d'ensorcellement mutuel, une fièvre dévorante qui ne les quittait plus et a duré une année entière.

Elle, malgré sa souffrance, s'attachait à rester digne. Soignée, discrètement maquillée, jolie dans les robes fluides et colorées qu'elle a toujours portées pour dissimuler au mieux ses formes rondes.

Elle n'a jamais réussi à leur en vouloir. Pas à eux. Pas dans ces conditions. Martin et Anaïs y mettaient toute la discrétion, tout le respect possibles, ne se retrouvant que deux ou trois fois par semaine à l'extérieur, à des moments qui n'étaient pas gênants pour la vie de famille. Ils prenaient également beaucoup de précautions afin de ne pas croiser des connaissances qui auraient pu jaser.

Oui, son mari l'aimait toujours, elle le sentait, elle le savait, elle en était certaine. Il lui faisait l'amour avec fougue. Sa relation avec Anaïs avait comme boosté sa libido et finalement, à ce niveau, elle était plutôt gagnante. Il lui avait expliqué dès le début qu'il se protégeait lors de ses rapports avec la jeune femme, aussi elle ne se posait pas de questions de ce côté-là.

– Je vous aime toutes les deux, voilà tout, disait Martin.

Voilà tout. Mais rien n'avait été simple. Pour aucun des trois.

Elle tente un petit sourire. Allez, c'est fini tout ça ! Bien fini et c'est tant mieux ! Martin et elle en sont sortis grandis et leur amour fortifié. Elle a tant prié pour ça, ses vœux ont été exaucés. *Mais qu'est-ce que j'ai à ressasser le passé aujourd'hui ?* Elle se reprend, se refuse à glisser encore vers ces moments douloureux, il y a deux ans maintenant.

Plus loin sur la route se dressent des bois de châtaigniers. Alors là, on change de saison ! Qu'il est agréable en octobre de pénétrer sous le couvert des arbres aux larges feuilles, de faire rouler dans la paume de la main les fruits luisants, si lisses, si doux… D'entendre tomber les bogues tout autour de soi en remplissant son panier ! Les châtaignes sont de pures merveilles, à déguster le soir sans modération, cuites dix minutes dans la cocotte avec deux ou trois feuilles de figuier pour parfumer davantage encore…

Du coup, elle pense à ces petites figues violettes qui fondent dans la bouche, ainsi qu'aux noisettes et aux noix nouvelles toutes tendres… Elle se dit qu'elle en a de la chance d'habiter tout près de Bordeaux (vingt minutes à peine) et de bénéficier d'une nature aussi luxuriante là, tout autour. De posséder les avantages de la grande ville et de pouvoir profiter comme ça des fleurs, des fruits, des odeurs, des chairs parfumées. De participer à toutes ces fêtes qu'offrent les saisons, auxquelles ses parents l'ont initiée depuis toute petite, ailleurs, dans leur région à eux. *Par chez nous*, comme ils disent.

Elle continue à vivre le plus possible en harmonie avec la nature. Et *par chez elle,* il y a de quoi faire ! Elle espère bien avoir transmis ce goût à ses filles.

Elle emprunte un chemin de terre bordé par des maisons sages. Décidément, elle a beau faire, dès qu'elle ne se concentre plus sur la Nature, elle ne parvient pas à chasser les images encore douloureuses. C'est comme un écheveau de laine qu'elle dévide, un fil sur lequel elle a tiré. Elle doit aller jusqu'au bout, au bout de cette histoire. Se repasser encore une fois le film dans sa tête.

N'est-il pas digéré pourtant depuis tout ce temps ? Il faut croire que non. Pas tout à fait encore. Elle pousse un gros soupir. Renonce à lutter contre elle-même. Tout comme elle avait renoncé à lutter à cette époque-là. Car finalement, elle avait compris qu'elle devait laisser Martin vivre ce qu'il avait à vivre. Qu'il lui faudrait attendre. S'armer d'une patience hors du commun, d'une infinie compréhension. Puiser en elle la force. Et elle avait réussi.

Elle se sent fière d'elle aujourd'hui. Ni orgueilleuse ni triomphante, mais fière d'avoir eu ce courage, cette intelligence d'accepter et de continuer à aimer son homme malgré tout.

En fin de compte, c'est Anaïs qui a rompu au bout d'un an, puis elle est partie à Paris poursuivre ses études. Sa mère n'a jamais rien su de la liaison de sa fille avec leur voisin, ils avaient tous décidé de la préserver. Ayant atteint l'âge de la retraite, elle a déménagé elle aussi pour retourner dans son Pays Basque natal.

Lors de la rupture, Martin a beaucoup souffert. Comme une amie, comme une mère, elle a pu l'aider. Comme la femme qu'elle est, toujours amoureuse de son mari qui, de son côté, n'a jamais cessé de l'aimer.

Quelle histoire ! Qui la croirait si elle la racontait ?

Martin guérit peu à peu, ça a pris du temps mais c'est en bonne voie. Entre eux la confiance, la complicité, la tendresse sont là, comme toujours.

Après cette épreuve, elle sent que leur amour est devenu indestructible.

Au loin, le lac se profile déjà, joyau pur dans son écrin de verdure. Falaises d'argile rose, eau verte, pins majestueux, si odorants au moindre brin de chaleur. Aujourd'hui, l'eau sera gelée en partie. Elle aime bien aussi. Elle détachera doucement de petites plaques de glace, les lancera de toutes ses forces. Elles se briseront comme des morceaux de verre qui iront loin là-bas, dans un chant de cristal.

DÉSIR D'ÉCRIRE

– Non mais tu n'es pas sérieuse ! Je croyais que tu avais laissé tomber cette idée depuis la dernière fois ! Écrivaine... Rien que ça ! Tu en connais beaucoup, toi, des écrivains ? Enfin réagis Flora, tu es complètement à côté de la plaque ! Tu as lu trop de romans, c'est le cas de le dire !

L'ironie mordante de Jo me pique au vif. Je sens la peau de mon visage virer au cramoisi. Eh ben mince alors ! Moi qui croyais qu'elle m'écouterait, qu'elle comprendrait... Elle, ma meilleure amie ! Sans un mot, j'attrape mon sac à main et je quitte le bar où nous venons de boire un thé ensemble en terrasse.

À peine rentrée à la maison, je mets un short et des tennis pour aller arpenter le bord du lac. Quand la colère me submerge, la marche rapide dans la nature a le don de m'apaiser. Scintillements mouvants sur l'eau, embrasement des pins autour de moi dans la lumière flamboyante du soir qui tombe. Je m'oblige à respirer à fond l'odeur résineuse que j'aime tant, à nulle autre pareille. Un tapis d'aiguilles craque sous mes pas.

Depuis longtemps, je caresse ce projet secret. Écrire. Pas quelques textes comme ça, dans le cadre de l'atelier d'écriture que je fréquente, non, un livre. Un vrai. Un roman. Mon roman. Mon œuvre. Je n'ai rien dit à personne jusqu'à la semaine dernière. C'est trop intime, un projet comme celui-là.

Tout en marchant, j'ai pris ma décision. Puisque Jo ne veut pas m'entendre, je vais lui écrire ! Pour moi, c'est bien plus facile que de parler. Sur le papier, les mots m'obéissent mieux. Ils connaissent parfaitement le chemin de mon cerveau jusqu'à mes doigts. Ils y courent comme sur un sentier tout tracé, des milliers de fois emprunté. Aucune rocaille dans la voix pour en gêner le flux.

Ma Jo,

Tu le sais, tu es mon alter ego, ma complice de toujours. Heureusement que tu es restée vivre toi aussi près de Bordeaux, car je n'aurais jamais supporté que des centaines de kilomètres nous séparent.

Mardi, sur la pelouse de ton jardin où nous étions assises, je me suis sentie si proche de toi. Tu parlais avec passion de l'atelier de peinture auquel tu t'es inscrite. Tu avais relevé tes longs cheveux, ils avaient pris une teinte dorée dans le soleil de l'après-midi. Tu riais, ta nuque était délicatement penchée vers ton épaule. Je t'ai alors trouvée très belle, très émouvante. Moment fragile, parfait. Puis tu m'as demandé :

– Et toi, tu continues ton atelier d'écriture?

J'ai eu envie de te dévoiler mon secret. Que tu sois la première à savoir. Alors, je t'ai parlé du roman. Très vite, j'ai lu l'incrédulité sur ton visage.

– Mais tu n'es pas écrivaine Flora ! m'as-tu dit. Les écrivains passent leur vie à écrire ! Ils ne font que ça d'ailleurs. Certains sont publiés à même pas vingt ans. Tu en as cinquante toi, et tu découvrirais ta vocation maintenant ? Excuse-moi, mais je trouve que cette idée est complètement ridicule.

Je te connais par cœur, Jo. Tu n'es pas méchante pour un sou. Tes mots étaient très durs, mais tu en rajoutais parce que tu étais inquiète pour moi. Tu sais que je m'envole vite parfois, tu voulais simplement me ramener les pieds sur terre. Aussi tu as continué :

– Ne rêve pas Flora. Imagine, c'est comme si ta Natacha t'annonçait qu'elle veut devenir chanteuse de variétés. Tu aimes bien l'écouter chanter, mais franchement, tu la pousserais à croire à un tel avenir ? Il y en a combien qui

réussissent dans le système infernal du show business ?

Tu avais raison, Jo. Je ne pousserais pas ma fille. Je lui laisserais son libre choix. La possibilité de faire elle-même ses propres expériences. Je ne t'ai pas répondu et j'ai changé de sujet.

Pourtant aujourd'hui, j'ai ressenti le besoin de te parler à nouveau de mon livre. Car j'ai sincèrement réfléchi à ce qu'il représente pour moi. Je voulais te l'expliquer de vive voix. Mais tu ne m'en as même pas laissé le temps.

Ma Jo, tu n'ignores pas bien sûr combien j'ai toujours aimé écrire. Des poèmes, des chansons, des petits textes. Avec mon roman, j'ai voulu aller plus loin. Vers quelque chose de plus abouti. Je le sens, c'est une étape essentielle dans mon cheminement. Dans mon accomplissement. Mon livre ne sera peut-être pas publié, mais au moins, je l'aurai écrit.

À toi, j'ai cru pouvoir parler de ce roman qui mûrit en moi, comme on porte un enfant dans le secret de soi. Car il existe déjà ce livre, il est vivant ! Je l'écris peu à peu, et il vient m'envahir chaque jour davantage. Les personnages se sont construits au fil du temps, ils s'agitent de plus en plus fort maintenant, ils poussent comme le bébé qui veut naître. Ils savent bien que je suis en train de leur donner vie. Sur un carnet, je note les idées qui me viennent ou qu'eux-mêmes me soufflent, je ne sais pas. Créer, est-ce proche de la folie ? C'est possible mais je m'en moque. Ce que je sais, c'est que ma vie est intimement liée à leur vie à eux. Ils font partie de moi et ils veulent que je raconte leur histoire. Peut-être qu'elle n'intéressera que moi. Mais j'ose penser qu'elle peut toucher d'autres gens. Je veux y croire, Jo.

Tu m'as dit que j'étais à côté de la plaque. Il me semble que si l'on se cantonnait aux choses raisonnables, si l'on ne s'accordait pas le droit de rêver un peu dans cette vie, l'air deviendrait vite irrespirable. C'est justement l'un de mes objectifs dans cette aventure. Apporter du rêve par mes mots, par l'histoire que j'invente. Permettre aux autres de lâcher prise un moment dans leur quotidien, les faire pénétrer dans un autre univers, celui que j'ai créé. Et qu'ils y trouvent du plaisir.

Je proposerai mon roman à l'édition, Jo. Rien ni personne ne me fera changer d'avis. J'espère que tu me comprendras, que tu seras fière de moi si mon livre est publié. Je te promets de ne plus t'en parler. Je voulais juste que tu saches.

Je t'embrasse très fort.
Flora

J'ai envoyé ma lettre à Jo. Il y a une

semaine maintenant. Elle ne m'a pas répondu, ne m'a pas appelée. Apparemment elle est vraiment fâchée. Eh bien tant pis si je me fais remballer, je passe la voir ce matin chez elle ! C'est vraiment trop bête cette brouille...

Son mari Lucas m'ouvre la porte. C'est un bel homme dans la cinquantaine, la peau mate, les yeux très noirs. Il a toujours un sourire aux lèvres. Mais aujourd'hui, je lui trouve un air las, vieux. Ses vêtements sont un peu fripés. Il me fait entrer, nous nous asseyons sur le canapé de cuir fauve, dans le salon aux grandes baies vitrées.

– Je suis tout seul à la maison, Jocelyne est partie quelques jours en thalassothérapie.

– Ah bon ? Elle ne m'avait pas dit qu'elle devait s'absenter !

– Elle a eu besoin de prendre l'air.

C'est alors que je remarque sa gêne. Tout en parlant, il s'est levé et regarde le jardin, les mains dans les poches, en me tournant le dos. Lui si chaleureux d'habitude !

Je sens ma gorge se serrer :
– Lucas, il y a un problème ?

Il laisse passer un grand moment. Soupire.

– C'est à cause de la lettre que tu lui as envoyée. Elle est furax contre toi.

– Mais… mais je l'ai fait pour qu'elle me comprenne justement ! Et puis d'abord, ça ne la concerne pas que j'écrive un livre, j'en ai quand-même le droit non, que je sache ?

Lucas se retourne. Une grosse ride barre son front, sa bouche a pris une expression amère que je ne lui ai jamais vue. Je ne comprends plus. Alors, j'éclate :

– Bon, je suis dans le noir complet là. Tu peux m'expliquer ?

Il revient près de moi. Je vois combien ça lui coûte de me répondre. D'une voix très basse, entrecoupant son récit de silences, il me fait une révélation. Stupéfiante.

– Il y a quatre ou cinq ans, je suis tombé sur du courrier qui était adressé à Jocelyne. Oui, je sais ce que tu vas me dire, ce n'était pas très beau de ma part de le lire… Mais depuis quelque temps, elle avait une attitude bizarre. Une sorte de joie nouvelle, une fébrilité, une lumière spéciale dans les yeux… J'ai eu peur qu'elle ait quelqu'un d'autre dans sa vie… Elle me disait que j'étais bête d'imaginer une chose pareille… Et puis quelque temps après, ça a été l'inverse. Elle s'est mise à déprimer.

– Je m'en souviens, oui. Natacha venait d'entrer au CP.

– En fait, c'était une pile de lettres… Je me demande pourquoi elle les avait gardées… Elles venaient toutes de… différentes maisons d'édition. Jocelyne leur avait proposé un recueil de poésies… Je ne savais même pas qu'elle écrivait. Toutes les réponses étaient négatives.

Je suis complètement abasourdie. Ça alors, je n'aurais jamais cru que Jo soit attirée par la poésie ! Encore moins qu'elle en composait. Alors imaginer qu'elle aussi envisageait d'être publiée !... En même temps, au fond de moi, je ressens un grand soulagement.

– Je comprends mieux maintenant ! La pauvre, en lui parlant de mon roman, je lui remémore une horrible expérience ! Si elle est hostile à mon projet, c'est pour m'éviter une désillusion aussi cruelle que la sienne !

Lucas hésite. Soupire à nouveau, passe lentement une main dans ses cheveux poivre et sel. Il me regarde tristement. Sa voix est à peine audible lorsqu'il me dit :

– Ce n'est pas tout à fait ça, non. Elle a simplement peur que toi tu réussisses. Je crois qu'elle ne le supporterait pas.

L'HOMME D'À CÔTÉ

Il m'avait averti, mais je ne l'avais pas cru. Main dans la main, nous nous promenions ce jour-là sur une petite route au bord de la Garonne. En harmonie. Pleins d'un silence partagé, riche. D'interminables vols de grues commençaient à descendre vers le Sud, annoncés de loin par leurs cris sonores. C'était un moment heureux, comme tant d'autres que nous vivions ensemble.

Soudain, Yann s'était arrêté. Il avait levé la tête vers les oiseaux sauvages et l'expression de son visage était devenue grave.

– Tu sais Maëva, je suis comme eux. Un homme de passage.

Je l'avais dévisagé, interloquée, puis lui avais carrément ri au nez.

– Qu'est-ce que tu racontes ? Et ta maison ? Ton rêve d'enfant ? Ils sont de passage eux aussi, peut-être ?

Je n'avais pas osé lui dire *et nous ?* Pourtant j'avais tellement foi en notre amour. Il me rendait forte. Il emplissait l'espace.

Yann est devenu mon voisin il y a tout juste un an. Sa vieille maison de pierres croulant sous la vigne vierge était inoccupée lorsque nous avons acheté la nôtre.

– Elle appartient à une dame âgée, m'avait appris le facteur. Sa famille l'a placée dans une maison de retraite. Un neveu à elle vient aérer de temps en temps et s'occupe de tailler la haie.

Puis un jour j'ai supposé que la vieille dame était morte, car la bâtisse a été vendue. Un jeune couple très discret est venu l'habiter quelques années. Et deux ou trois mois après son départ, Yann.

Notre histoire d'amour a débuté un après-midi de juin, dans mon jardin. Ma fille Aude était à l'école, il faisait chaud et je m'étais étendue sur mon transat. Entièrement nue. J'aime offrir mon corps au soleil. Derrière l'épaisse haie de thuyas, je me sens protégée. En sécurité. J'avais les yeux fermés et je me laissais aller à une douce torpeur.

Soudain, une pression délicate, humide, sur le bout d'un de mes seins me ramena à la réalité. J'ouvris les paupières. Penchée au-dessus de moi, une nuque large, de fines boucles brunes, qui se mouvaient lentement. Je reconnus le nouveau voisin, ce jeune homme qui avait emménagé la semaine précédente.

J'aurais dû bondir, hurler, m'insurger contre cette atteinte à mon intimité. Je n'en fis rien. Un trouble délicieux commençait à m'envahir. La caresse tendre de cette bouche inconnue, de cette langue experte, réveillait en moi des sensations que je croyais oubliées. Le jeune homme dût sentir mon émoi. Il posa une main sur l'une de mes cuisses, déjà bronzées, remontant très lentement vers mon sexe. L'effleurement précis du bout de ses doigts m'arracha un gémissement. J'eus alors l'envie irrépressible de toucher cette nuque, cette peau mate paraissant si douce. Le voisin releva la tête, ses yeux noirs plongèrent dans les miens tandis qu'il saisissait ma main et la dirigeait vers la fermeture éclair de son jean. Ensuite, tout s'enchaîna très vite. Ma jouissance fut intense. Il eut lui aussi un orgasme violent.

Nous étions assis sur l'herbe, à l'ombre du lilas. Je regardais, étonnée, cet inconnu que j'avais laissé me caresser sans la moindre résistance. Et à qui j'avais donné du plaisir dans mon propre jardin.

Bien plus jeune que moi, le voisin. À peine trente ans. Un beau gars, vraiment, dont j'avais remarqué à distance le sourire éclatant quand il me saluait, mais avec qui je n'avais pas encore eu l'occasion de parler.

Il m'avoua qu'il avait eu envie de moi dès le

lendemain de son emménagement, quand nous nous étions croisés. Et je ne lui avais pas semblé indifférente. Puis, il avait remarqué qu'en début d'après-midi, j'étais seule chez moi. Aujourd'hui, il venait se présenter. Il avait sonné, je n'avais pas répondu. La porte était ouverte, il était entré.

– Pas gêné, quand-même ! lui dis-je avec un petit sourire.

Il rit, dévoilant des dents parfaites, très blanches.

Nous avons discuté longuement cet après-midi-là. Il m'apprit que sa maison avait appartenu à sa grand-mère Élisa, la vieille femme dont le facteur m'avait parlé. Il y venait souvent en vacances quand il était petit et s'était juré qu'un jour il y habiterait. Mais Élisa avait brutalement coupé les ponts avec son fils, le père de Yann et avait rédigé un testament quelques mois avant de mourir. Elle y léguait la maison à une association de recherche médicale. Le privant, lui Yann, de son rêve.

Alors, mon nouvel amant avait patienté, espérant pouvoir racheter un jour la vieille bâtisse. Ce qui venait enfin de se réaliser.

J'écoutais, ébahie, le récit de ce jeune homme passionné qui savait si bien ce qu'il voulait. *Voilà ce qui s'appelle une magnifique preuve de persévérance et de fidélité envers de vieux murs !* me disais-je. En même temps, je le comprenais. D'abord, il devait beaucoup aimer sa grand-mère. Et puis une demeure ancienne a un passé, une mémoire qui lui est propre. Une âme.

Moi-même, j'aurais aimé en acheter une, quitte à la rénover. Mais à l'époque, Luc, mon mari, avait refusé. Trop cher pour une maison en pierre en bon état. Trop de travail pour entreprendre une rénovation, nos moyens ne permettant pas d'engager des ouvriers. Nous avions donc acquis notre petit pavillon, assez récent, dont je ne me plaignais pas. J'adorais notre jardin, si important également pour l'épanouissement de notre petite fille.

J'expliquai à Yann que mon mari était mort cinq ans auparavant dans un accident, sur le chantier où il travaillait. Depuis, je n'avais pas éprouvé le désir d'avoir un autre homme dans ma vie. Aude suffisait à mon bonheur.

En un an, mon amour pour Yann n'a fait que grandir. Comment en aurait-il été autrement ? Il était si gentil, si doux, toujours à l'écoute. Même Aude l'adorait. Un jour, il était venu la chercher à l'école avec moi et une petite copine avait demandé à ma fille :

– C'est ton papa ?

– Non, avait-t-elle répondu très sérieuse, c'est mon Yann.

Et puis avec lui, j'avais trouvé un amant merveilleux. Attentif, inventif, tendre et ardent à la fois. Il me disait que j'étais belle, que mes rondeurs lui donnaient davantage à aimer. Nous passions des nuits blanches dont j'émergeais fourbue mais tellement heureuse. Comment me serais-je doutée ?

C'était un matin du mois dernier. Pour moi, hier. Yann avait dû partir quelques jours en déplacement pour son travail. En passant devant sa maison toute rougie de vigne vierge, j'ai aperçu un panneau sur le muret du jardin. Je me suis approchée.

Vendu par Cabinet Gironde Immobilier, à St Macaire.

J'ai dû m'appuyer contre les vieilles pierres. C'était quoi cette mauvaise farce ? Incapable de réfléchir, l'esprit comme paralysé, j'ai rebroussé chemin, je suis revenue chez moi à petits pas, telle une femme âgée marchant avec difficulté.

Un peu plus tard, j'ai recherché le numéro de téléphone de l'agence immobilière. Une voix d'homme au bout du fil a confirmé. Non il n'y avait pas d'erreur, la maison venait bien d'être vendue.

Je me suis assise dans la cuisine près de la fenêtre. Des minutes, des heures se sont écoulées, je ne sais plus. Peu à peu, des images des jours derniers m'apparaissaient : Yann jamais disponible entre dix-sept et vingt heures (heures des visites ?), l'air plus absent, le sourire un peu crispé. Discrète, je n'avais rien demandé, j'avais mis ça sur le compte du boulot. Ne m'avait-il pas parlé de ses soucis dans le cabinet d'architecte où il travaillait ? Inutile de le ramener à ses problèmes, il valait mieux me montrer accueillante, amusante, gaie. Qu'il trouve avec moi l'ambiance apaisante dont il avait besoin.

J'ai vécu les jours suivants comme une somnambule. J'avais essayé en vain de joindre Yann. Son numéro de portable n'était plus attribué. Je ne lui connaissais pas d'ami et je savais qu'il ne voyait plus sa famille. Je ne pouvais donc joindre aucune personne proche. Au cabinet d'architecte, on m'avait dit que monsieur Yann Martel avait négocié son licenciement au mois de mai. C'était incompréhensible.

Je suis allée voir mon médecin qui m'a mise en congé de maladie pendant une semaine. Parfois, la sonnette d'entrée et le téléphone me tiraient de ma léthargie. Mais ce n'était jamais lui. Même Aude ne parvenait plus à me faire sourire. À ses questions concernant mon amant, je lui avais dit ce qu'il m'avait lui-même fait croire : *son* Yann était parti quelque temps en déplacement pour son travail.

Je me posais mille questions. Pourquoi avait-il vendu sa maison à laquelle il était si attaché ? Où était-il ? Pourquoi ne me donnait-il pas signe de vie ? S'il voulait que notre relation se termine, n'aurait-il pas pu me le dire en face ? D'ailleurs quelle en serait la raison ? La différence d'âge ? Je venais de fêter mes quarante-trois ans. Je pensais bien qu'un jour, nos douze ans d'écart pourraient poser problème, mais pas déjà ! Je tournais et retournais tout ça dans ma tête. Je n'arrivais plus à dormir.

La lettre est arrivée ce matin. J'ai reconnu l'écriture de Yann, ses pattes de mouche dont nous plaisantions ensemble il y a encore si peu de temps. Je l'ai ouverte en tremblant. Elle n'est pas longue. Quelques lignes pour signifier la rupture. Pour dire qu'il part ailleurs. Construire autre chose. Que je ne dois pas chercher à le retrouver. Les dernières lignes m'ont stupéfiée. Il explique qu'au cours de sa vie, il n'a jamais éprouvé de sentiments, d'émotions pour quelqu'un ou pour quelque chose.

J'ai toujours été comme ça, écrit-il. *Totalement insensible. J'ai voulu cette maison. C'était uniquement un caprice de gamin. En vérité depuis que je l'ai, je m'en fiche*

complètement. J'ai bien vu que tu t'attachais de plus en plus à moi. Beaucoup trop. Moi, je ne sais pas ce que ça veut dire. Je vais d'expérience en expérience, mais rien ne me rend véritablement heureux. J'espère que tu trouveras quelqu'un de bien. Adieu.
Yann.

Des larmes amères coulent sur mes joues, que je ne cherche pas à retenir. Tous ces moments d'amour, ces nuits folles que j'ai cru lui donner. Mais à part le plaisir sexuel, il ne ressentait rien. Rien. Il ne m'aimait pas. Il n'a jamais aimé personne. Une douleur violente me plie en deux sur le canapé. Comment ai-je pu me tromper à ce point ? Me laisser prendre à ses mots creux ? Ses fausses attitudes ? Là où je voyais de la sincérité, de la tendresse, il n'y avait que calcul de sa part, intérêt.

Mon dieu, que vais-je dire à Aude ? Je n'imaginais même pas qu'un pauvre type comme lui, ça pouvait exister. Un déficient émotionnel. Un handicapé des sentiments.

L'ABUELITA

À soixante-six ans, Anita ne sait pas lire. Elle aurait bien aimé apprendre pourtant. Pendant des années, cela a même été son rêve secret. Le soir quand la maison dormait, elle sortait de sa cachette le seul livre qu'elle ait jamais possédé. Celui sur lequel son fils Miguel a appris à reconnaître ses premières lettres, puisque pendant quelques années il a eu la chance d'aller à l'école.

Éclairée à la chandelle, elle prenait le temps d'observer les pages attentivement, de les tourner une à une avec douceur et respect. Miguel aurait dû rendre le livre une fois l'année terminée, mais Anita n'avait pu s'y résoudre, avait dit au maître d'école qu'il avait été égaré. Elle l'avait caché sous son matelas de paille.

Il est abîmé maintenant, le papier jauni, mais elle l'aime tellement que cela n'a aucune importance. Elle connaît par cœur les images un peu naïves, les lettres bien formées, et pourtant, elle continue de s'étonner de leurs associations mystérieuses. Elle en suit souvent les dessins sinueux de son index droit, déformé par le temps et les travaux des champs.

Elle n'a jamais parlé à personne de son rêve. Qui aurait pu comprendre ? Certainement pas Francisco son mari, pour qui lire n'a aucun sens. Dans les campagnes du Chili en mille neuf cent cinquante, une jeune femme était faite pour tenir la maison, élever les enfants, donner un coup de main au moment des semailles et des moissons. Et tous les hommes de son âge pensaient comme lui.

Anita n'a eu qu'un seul enfant. Miguel. Alors bien sûr, elle s'est davantage courbée vers la terre pour cultiver le blé ou bêcher le jardin que les mères de famille nombreuse. S'occuper de cinq ou six enfants, parfois même plus, ce n'était pas rare à l'époque. Mais la vieille Chilienne ne regrette absolument rien. Elle n'a jamais eu l'idée saugrenue de se plaindre. Le quotidien des paysans, les *péons* comme on dit ici, a toujours été éprouvant, elle l'a appris très tôt dans son enfance. Et puis si on ne rechigne pas, le travail porte ses fruits dans la vallée, la terre y est fertile grâce à la proximité du volcan Villarrica.

D'un geste machinal, elle relève une longue mèche de cheveux gris échappée de son foulard, la coince adroitement sous le tissu épais. Sa chevelure était d'un noir profond autrefois, elle la tressait en longues nattes brillantes dans lesquelles elle piquait quelques fleurs de jasmin. Elle est émue en y repensant. Lorsqu'elle les dénouait chaque soir, Francisco aimait tant enfouir son visage dans la masse sombre délicatement parfumée.

Dans la petite cour de sa maison en pierres volcaniques, Anita est assise sur les talons, sa jupe colorée disposée en corolle tout autour d'elle. À l'aide d'un bâtonnet, elle trace avec application sur le sol poussiéreux le seul mot qu'elle connaît : Miguel. Elle a si souvent vu son garçon l'écrire quand il était petit. Et puis le Maître l'avait noté sur la première page du livre. Il y est encore, un peu effacé, tout en haut à droite. Il a fallu beaucoup de temps à Anita pour en maîtriser les lettres, surtout la première, plus grande que les autres.

Elle pense à son fils à cette époque, elle le revoit penché le soir sur ses livres de classe étalés sur la petite table. Il les lui montrait quelquefois. Ceux qu'il préférait étaient pleins de cartes étranges représentant les pays, les montagnes, les rivières. Les montagnes, Anita connaît bien, elle en a toujours été environnée. Mais sur les cartes, il y avait aussi ces grands espaces bleus, un peu partout. Bien sûr, elle avait entendu parler du Pacifique baignant les côtes de son pays, mais elle ne savait pas qu'il existait autant d'océans sur la planète. Alors, plissant si fort ses yeux noirs qu'on n'en voyait plus qu'une fente, elle écoutait Miguel lui raconter la mer. Un torchon dans les mains, elle s'asseyait près de lui sur le vieux banc de bois et essayait d'imaginer toute cette eau mouvante s'étendant à perte de vue.

Ce sont les livres qui ont ouvert le monde à Miguel, elle le sait. Eux sans doute qui lui ont donné l'idée de partir un jour à l'étranger. Il y vit maintenant, il a trouvé un travail loin là-bas, dans la capitale d'un petit pays qu'elle ne connaît pas et qui s'appelle la France. Elle aurait tellement aimé voyager elle aussi, mais ce n'était pas son destin. Elle n'a même jamais mis les pieds dans la plus grande ville de sa province, Temuco.

Anita se relève péniblement en grimaçant, les mains sur les reins, chasse les poules autour d'elle avec son bâton. Elle reprend vite le cheminement de sa pensée, qui la rapproche de son fils. Et puis s'il n'était pas allé là-bas, il n'aurait pas rencontré cette adorable jeune femme, Françoise… Un grand sourire se forme sur son visage ridé, tanné par le soleil, découvrant ses pauvres gencives presque complètement édentées. Françoise, c'est un beau prénom, qui ressemble à Francisco.

Eh oui, son petit s'est marié là-bas !... Il est revenu l'an dernier leur présenter son épouse et elle leur a plu d'emblée. Anita la voit encore, timide, toute frêle, si jolie avec sa peau claire. Attentive à eux les parents âgés, à leur vie rustique qu'elle découvrait.

La vieille Chilienne revoit aussi Miguel. Rayonnant. Elle entend cette douceur toute particulière dans sa voix lorsqu'il s'adressait à la jeune Française, lui traduisait leurs paroles. Son fils est amoureux, c'est sûr.

Françoise leur a gentiment offert une petite figurine en bronze, représentant une tour métallique célèbre dans son pays. Miguel dit que lorsqu'on se promène à pied et qu'on se rapproche de la construction, elle semble écraser les maisons avec ses arches immenses. Il paraît que sa femme et lui l'aperçoivent de chez eux. Ils vivent au cinquième étage dans un appartement, mais Anita a du mal à se représenter un tel logement.

Depuis leur venue, le cadeau de Françoise trône sur la cheminée. La vieille femme l'aime bien, car sa forme fait penser à la première lettre de son livre.

Toute à ses pensées, Anita n'a pas vu le soleil descendre derrière la cordillère. Elle relève la tête, surprise par l'approche de la nuit. Au loin, le géant Villarrica au cône enneigé a pris une douce teinte rosée, légèrement cuivrée. Malgré son poncho de grosse laine, la Chilienne frissonne. Il est temps de rentrer, d'aller préparer le maté que l'on boira tout à l'heure en compagnie des voisins.

Le réveil sonne. Anita ouvre ses yeux encore ensommeillés, regarde autour d'elle, pousse un soupir de soulagement. Ouf, elle est bien toujours elle, la jeune Anita. Et c'est bien sa chambre ici, dans l'ancien appartement de ses parents. Grâce à la faible clarté du matin, la jeune femme entrevoit son bureau, ses étagères remplies de livres… Rassurée, sachant qu'elle vient tout bonnement de faire un rêve, elle se dit pourtant qu'elle resterait bien encore un peu dans la peau de cette vieille femme, dont la douceur lui fait fondre le cœur.

Elle l'a tout de suite identifiée en s'éveillant. L'espace de quelques minutes, elle s'est retrouvée plongée dans l'histoire de l'autre Anita, sa grand-mère chilienne, dont elle porte le prénom. Sa mamie, son abuelita, qui est morte quand elle avait huit ans. Elle l'a peu connue il est vrai, mais elle conserve des souvenirs heureux du Chili où elle est allée deux fois avec ses parents, la dernière peu avant la disparition de sa grand-mère. Il y a aussi cette photo où elle était bébé : la vieille Anita la tient sur ses genoux, en lui souriant avec une immense tendresse. Miguel était allé chercher sa mère là-bas, en Amérique latine et l'avait ramenée pour fêter avec eux ses soixante-dix ans.

En préparant son petit-déjeuner, Anita reste troublée. Elle sent profondément que ce qu'elle vient de vivre est davantage qu'un simple rêve. Peut-être a-t-elle vu des scènes qui se sont réellement passées dans la vie de sa grand-mère ? Peut-être même la vieille Chilienne est-elle venue la visiter dans son sommeil ?

Songeuse, elle boit lentement son café, ne pense pas à allumer la radio comme les autres matins. Son abuelita a-t-elle réellement désiré apprendre à lire ? C'est possible, elle était intelligente, ainsi que son fils l'a toujours dit. C'est elle qui l'a encouragé à continuer les études, alors que Francisco était plutôt contre. Une phrase que son père dit souvent revient à la mémoire d'Anita :

– Mama était si fière de ma réussite.

Tout en se maquillant, la jeune femme observe dans la glace ses cheveux et ses yeux très noirs, qui contrastent avec sa peau claire. Depuis longtemps, elle songe à aller au Chili, elle n'y est pas retournée depuis l'enfance. Et si son abuelita était venue lui rappeler qu'elle a des racines dans ce beau pays d'Amérique du Sud et qu'il est grand temps de les retrouver ?

Si elle s'offrait ce voyage l'été prochain ?

    Avant de dévaler l'escalier de l'immeuble, Anita prend le temps d'ouvrir les stores du salon. Il va faire beau aujourd'hui. On aperçoit nettement au loin la silhouette de la Tour Eiffel.

BLANCHE

Depuis quinze jours, François ne fait plus de cauchemar. J'ose espérer que peu à peu, l'apaisement prendra la place de sa terrible culpabilité. Qu'après ce dimanche chez son frère, il pourra enfin faire son deuil. Que cette période si éprouvante pour nous vient de se terminer.

– Non, non, n'y va pas! Attends-moi!
Je me réveillais en sursaut. Près de moi, François s'agitait et criait dans son sommeil. J'avais l'habitude. Je pressais l'interrupteur de la lampe de chevet, je le secouais doucement par l'épaule. Il s'asseyait dans le lit, hébété. Me regardait avec ses yeux gris remplis de stupeur. Alors, j'ouvrais grand mes bras. Il venait s'y réfugier, comme le tout petit enfant qu'il redevenait dans ces moments-là.

Bientôt, je sentais le col de ma chemise de nuit devenir humide, à cause des larmes qui ruisselaient sur ses joues. Elles coulaient, silencieuses, chargées de tout le poids de sa détresse. De son impuissance. De son remords. J'étais bouleversée.

Malgré le temps, rien n'avait changé. Son immense souffrance ne s'était pas estompée. Extérieurement, nul à part moi ne se doutait que mon mari vivait un drame personnel. Ou plutôt le revivait sans cesse, au creux de ses nuits peuplées de cauchemars.

Pourtant, Blanche était morte sept ans auparavant.

J'avais bien insisté auprès de François pour qu'il consulte un psychiatre, mais bien qu'il soit lui-même médecin, il se montrait tout à fait réfractaire. Il ne voulait parler à personne de cette douloureuse période. De sa négligence impardonnable. Sa faute inavouable.

C'est à lui qu'elle appartenait, dans son intégralité. Son horreur absolue. Et la revivre était son châtiment. En toute conscience, il plaidait coupable.

Blanche était notre petite fille. Une enfant pleine de vie, joyeuse, taquine. Tout le monde en était fou. François adorait l'amener en balade. De la fenêtre, je les voyais partir tous les deux sur le chemin devant la maison, notre adorable poupée juchée sur les épaules de son père, boucles blondes au vent, riant aux éclats.

Elle avait juste trois ans quand le drame a

eu lieu, en plein milieu du mois de juin.

Après cinq cents mètres, le chemin devenait un sentier qui surplombait la mer. Nous avions choisi d'habiter sur l'île de Ré à cause de cette proximité. Où que nous soyons, l'océan n'était jamais loin. François était un surfeur accompli. Quant à moi, la plage me ressourçait. Non pour m'allonger et bronzer après la baignade, mais pour y marcher longuement à marée basse, à n'importe quelle saison, jumelles autour du cou. Les oiseaux marins n'avaient plus de secrets pour moi. Ni les rochers sur lesquels s'accrochaient patelles et bigorneaux, les trous d'eau translucides remplis de merveilles...

Je respirais avec gourmandise la forte odeur iodée des algues rouges, vertes et marron aux formes étranges. Je revenais toujours de mes expéditions revigorée, enchantée. Heureuse.

Nous avons quitté l'île après la mort de Blanche. Y vivre n'était plus possible.

Ce jour-là, le clocher noir et blanc d'Ars en Ré se découpait sur un ciel d'un bleu somptueux. Il faisait bon, les roses trémières commençaient à fleurir devant les maisons. Une ambiance d'été, les touristes n'allaient pas tarder à envahir l'île. François et Blanche étaient partis en début d'après-midi sur la petite plage. C'est ma dernière image des jours heureux.

Notre petite fille jouait tranquillement dans le sable, avec son seau et sa pelle, et François s'était allongé près d'elle sur une serviette. Fatigué après une semaine chargée, il s'était malgré lui assoupi quelques minutes.

Que s'était-il passé exactement ? On ne le saura jamais, il n'y avait aucun témoin. Avait-elle voulu remplir son petit récipient ? Avait-elle été attirée par un oiseau de mer posé sur le rivage ? Toujours est-il qu'elle s'était bien trop approchée de l'eau.

On a supposé qu'une vague plus forte que les autres l'avait cueillie lors de cette marée descendante. Une autre avait dû la ramener plus loin sur le rivage.

Quoiqu'il en soit, lorsque François s'était réveillé, il était déjà trop tard. Le petit corps gisait à environ trois cents mètres de là. Blanche s'était noyée.

La réalité nous a anéantis. L'océan que nous chérissions s'était brutalement métamorphosé, tel un effroyable monstre qui aurait dévoré notre fille la gueule ouverte.

– Oh Anne, je suis sûr que s'il avait fait moins beau, on ne serait pas partis à la plage, gémissait François. Et puis si je ne m'étais pas couché aussi tard la veille, je n'aurais pas eu ce gros coup de barre … Et si je ne m'étais pas endormi, elle ne se serait pas éloignée toute seule... Si je ne m'étais pas allongé sur la serviette, je ne me serais pas endormi...

Il n'en finissait plus de s'en vouloir.

Malgré mon insoutenable souffrance, je luttais aveuglément, de toutes mes forces, pour rester positive. Chaque jour était un calvaire. Une immense épreuve. Je me disais qu'il fallait tenir jusqu'au soir. Ne pas sombrer. Rester vivante. Pour moi et cet homme qui était tout ce qui me restait. J'essayais de mon mieux de tempérer son sentiment de culpabilité :

– Avec des si, on changerait le monde, tu le sais bien. Tu n'y peux rien mon amour, c'était le destin de Blanche.

Il se remettait à gémir :

– Blanche... ma petite fille, aussi pure que son nom...

C'était vrai bien sûr. Car comment une enfant aussi jeune et autant aimée, n'aurait-elle pas été pure, insouciante ?

Mon travail de professeure de collège m'a énormément aidée à cette époque. Je crois que je reportais sur mes élèves l'attention que je ne pouvais plus accorder à Blanche.

Mais François, lui, est tombé dans une profonde dépression. Nous avons déménagé et nous nous sommes installés à Bordeaux. C'est la région de mon mari, toute sa famille y habite. Elle l'a entouré tout de suite, à mon grand soulagement.

Au bout de deux ans, il a recommencé lentement à remonter la pente. Il a enfin pu reprendre son métier, à l'hôpital Pellegrin, près des boulevards qui ceinturent le centre de la ville.

Mais lorsqu'il ne travaillait pas, il continuait à s'enfermer de longues heures dans son bureau, avec les albums photos que nous possédions de Blanche, de notre vie sur l'île de Ré. Dans son portefeuille, un cliché de nous trois ne le quittait pas. Moi, petite femme brune très mince, je levais la tête vers mon homme si grand, si blond, et je souriais. Lui, tenait notre fillette radieuse par la main. Elle avait hérité de mes yeux noirs et de la chevelure claire de son père. Je me souviens du jour où la photo avait été prise par un pêcheur. Je savais que François la regardait souvent, chaque jour. Et ses cauchemars ne cédaient pas d'un pouce.

Il y a deux semaines, nous avons été invités chez son frère Philippe. Le temps était magnifique et ma belle-sœur avait dressé la table sous le grand tilleul. Pour le dessert, un saladier plein de cerises bien rouges. Nous les dégustions avec plaisir, parlant de tout et de rien, quand soudain j'ai vu le visage de

François devenir blême. Il s'est levé comme un fou, renversant sa chaise et s'est précipité vers Clément, notre jeune neveu.

Alors seulement, je me suis aperçue que le petit garçon avait le visage violet. Mon mari lui a rapidement basculé le buste vers l'avant en lui donnant de vigoureuses claques dans le haut du dos, avec le plat de la main. Comme rien ne se passait, François s'est placé derrière lui, fléchissant les genoux pour être à sa hauteur. Puis il a passé ses bras autour de l'abdomen de l'enfant, en lui maintenant le torse penché. Il a mis un poing au creux de l'estomac de Clément et l'autre main par-dessus. Une mèche blonde collée sur son front, les traits incroyablement durs, il a alors exercé plusieurs pressions vers l'arrière et vers le haut. Autour de la table, tout le monde retenait son souffle.

Soudain, l'enfant a ouvert la bouche et a craché un noyau de cerise. Son visage a aussitôt repris une couleur normale, tandis que le petit garçon se mettait à pleurer et que ma belle-sœur se précipitait pour le consoler.

Philippe s'est avancé vers son frère et l'a pris dans ses bras. Puis il l'a regardé bien en face et lui a dit :

– François, je n'oublierai jamais que tu viens de sauver aujourd'hui la vie de mon fils.

Par la suite, on s'est tous demandé de quelle

façon l'enfant, qui marchait à peine, s'y était pris pour attraper le fruit. Une cerise avait sans doute roulé du compotier jusqu'au bord de la table.

Bien sûr, avoir secouru Clément ne fera pas revenir Blanche. Bien sûr, la blessure sera toujours là, au fond de nous. Mais peut-être l'action de mon homme a-t-elle été un peu réparatrice pour lui. Il n'a pas pu sauver sa fille, mais grâce à lui, Clément est en vie. La disparition de ses cauchemars semble aller dans ce sens.

Je l'espère de toutes mes forces. Ce serait d'autant plus merveilleux que je pourrais alors lui annoncer avec moins de crainte la grande nouvelle. Il va être bientôt papa d'un autre enfant.

LE CÉLESTA DE MONSIEUR FLORENT

Depuis dix ans maintenant, mon piano droit accompagne ma vie, un peu comme un chien accompagne son maître : humble et fidèle. Sa présence éclaire le salon d'une douce lumière. Le soleil qui entre par la porte-fenêtre taquine son cadre en bois, en rehausse la teinte chaude. Son couvercle est toujours levé, la cascade de ses touches noires et blanches familières me rassure. Il est comme un ami sur lequel je peux compter.

Bien sûr, je ne serai jamais une virtuose, les morceaux que je joue restent modestes, mais cela m'est bien égal. J'y prends plaisir et c'est l'essentiel.

J'ai toujours eu l'âme musicienne. Il m'arrive d'écouter pendant des heures des œuvres qui me bouleversent. Mis à part le piano, j'adore le violoncelle, la clarinette, la flûte traversière, la harpe et le célesta. Ce dernier instrument n'est pas très connu. Il n'existe que très peu de concertos écrits pour lui. Pourtant moi, j'ai connu un célesta ici même, dans ma propre maison. C'était celui de monsieur Florent.

Bien des années après le départ de cet homme, il ne se passe pas un seul jour sans que j'y repense avec nostalgie.

Monsieur Florent a été mon locataire pendant un an, dans cette jolie bâtisse de l'île de Ré que ma tante m'a léguée. Volets bleus, longues et soyeuses roses trémières fleuries dès le mois de juin, contre les murs blancs inondés de soleil. La maison est séparée en deux appartements.

Tous les soirs sans exception, j'ai attendu le moment où monsieur Florent rentrerait du travail, s'assiérait enfin devant son célesta et se mettrait à composer les délicieux accords qui me fascinaient. De l'appartement du dessus où il logeait, je les entendais très bien, mon plafond n'étant pas épais.

J'avais vite identifié l'instrument. En effet à l'époque, je travaillais à la maison en tant que traductrice et pendant les petites pauses que je m'accordais dans la journée, je pouvais écouter de la musique. Notamment un CD que je me repassais en boucle : *Musique pour cordes, percussions et célesta* de Bela Bartók. Un chef d'œuvre incontestable.

Je m'étais également offert la musique du ballet *Casse Noisette* de Tchaïkovski, où le célesta interprète la féerique *Danse de la fée Dragée.*

Mais les compositions lumineuses que mon locataire tirait de cette sorte de petit piano droit de quatre octaves, n'avaient rien à envier à ces œuvres célèbres. Je trouvais que sous ses doigts, les sons aigus de l'instrument prenaient même des couleurs insoupçonnées. Un peu comme les grands pianistes qui parviennent, suivant la façon dont ils caressent les touches, à enrichir leur palette de nouvelles sonorités.

Peu à peu, je suis devenue fan absolue de monsieur Florent. Son admiratrice de l'ombre.

Les arpèges qui arrivaient jusqu'à moi étaient d'une limpidité, une pureté tout à fait exceptionnelle. Des sonorités très douces et profondes à la fois, cristallines mais d'une surprenante richesse acoustique. Toujours des harmonies originales. Inattendues. Jamais les mêmes d'un soir sur l'autre. Parfois jouées sur un tempo lent, d'autres fois si entraînantes qu'elles me donnaient envie de danser. Sans compter qu'elles possédaient le prodigieux pouvoir de me détendre merveilleusement.

Ayant toujours adoré les contes et les légendes, je n'étais pas loin de penser que l'apparence très conventionnelle de Monsieur

Florent cachait peut-être un enchanteur... Il ne jouait jamais bien longtemps, une demi-heure tout au plus. Cependant, le temps n'avait pas vraiment d'importance. L'essentiel était la qualité des sons, la fluidité des accords et cet effet enveloppant presque thérapeutique qu'ils avaient sur moi.

Mon locataire était indéniablement un artiste méconnu, dont j'avais la chance incroyable de goûter les créations inédites. Allongée sur mon canapé, je me laissais prendre par la magie, j'imaginais ses mains évoluant avec une infinie délicatesse sur les touches de son célesta. Malheureusement, je n'ai jamais vu l'instrument car les jours de l'aménagement et du départ de monsieur Florent, j'étais absente. Je l'ai souvent regretté.

Pourtant, je n'aurais jamais osé en parler ouvertement avec cet homme. Il était très discret, presque froid. Un visage taillé à la serpe, des cheveux blanchissants. Il travaillait dans les assurances et je savais qu'il était tout proche de la retraite. Moi-même, j'étais d'une nature sauvage, aussi je respectais son évident besoin de tranquillité. Nous n'avons jamais rien échangé d'autre que des bonjours et bonsoirs polis. Il me laissait son chèque de loyer dans ma boîte aux lettres.

Une chose néanmoins, ne cessait de m'étonner. J'avais tout de suite remarqué que mon locataire était malentendant. Il portait des contours d'oreille voyants et peu esthétiques. Comment un homme ayant des problèmes auditifs pouvait-il créer de telles merveilles ?

C'est lorsqu'il est parti que j'ai acheté mon piano. Je ne pouvais vraiment plus me passer de musique pour remplir mes soirées solitaires. Et la radio ou les CD ne suffisaient pas à m'apporter l'apaisement, l'équilibre intérieur que je recherchais. Pourquoi alors ne pas tenter moi-même de recréer de belles harmonies ? Elles ne se substitueraient certainement pas aux sublimes arpèges qui s'en étaient allés avec mon locataire, je savais bien que je ne pouvais remplacer ces accords, perdus à jamais. Mais à force de travail et de patience, j'en tirerais sans nul doute beaucoup de plaisir.

Quant à acquérir moi-même un célesta, il ne fallait pas y songer. Je ne voulais à aucun prix massacrer mon souvenir.

Mon regard s'est posé sur la photo par hasard. J'ai enlevé mes lunettes pour mieux y voir, privilège des myopes qui malgré l'approche de la cinquantaine, continuent à distinguer parfaitement de près. C'était bien monsieur Florent qui se tenait là, parmi les papis et mamies de la nouvelle maison de retraite.

La Résidence des Lilas pouvait-on lire sur le bulletin municipal. Le petit article décrivait l'établissement *tout confort* ayant ouvert ses portes quelques mois auparavant, ainsi que les efforts de la municipalité. Celle-ci accordait en effet une aide aux vieilles personnes de notre ville ayant de modestes retraites, afin qu'elles puissent bénéficier au mieux de la Résidence. Mon ancien locataire y avait trouvé sa place.

Il ne m'a pas fallu beaucoup de temps pour me décider. J'avais trop souvent déploré le départ du célesta. Et puis avec les années, j'avais compris une réalité essentielle : quand on a quelque chose d'important à dire à quelqu'un, il ne faut pas laisser passer sa chance. Après, cela peut être trop tard.

J'irais donc trouver le vieil homme et lui avouerais ma grande admiration. Le fait de savoir qu'il résidait en maison de retraite rendait la rencontre étonnamment plus facile pour moi. J'avais l'habitude de ce genre de lieu, où j'allais souvent rendre visite à mon père. Et puis le virtuose distant, qui dix ans auparavant m'intimidait, n'avait certainement pas amené son instrument dans ce nouveau lieu de vie. Il était devenu un papi, ni plus ni moins.

À l'accueil, on m'a dit d'aller directement au

deuxième étage et de frapper à la porte de la chambre numéro six. Tout en grimpant les escaliers, je me sens soudain beaucoup moins sûre de moi. Et si monsieur Florent ne souhaitait pas me recevoir ? S'il n'en avait que faire de mon enthousiasme ? D'ailleurs, me reconnaîtra-t-il seulement ? En dix ans, j'ai beaucoup changé. J'ai pris du poids. Un double menton. Pas mal de rides. Je porte des lunettes et mes cheveux blonds ont nettement viré au gris.

Monsieur Florent vient m'ouvrir. Ainsi que je l'avais constaté sur la photo, lui n'a pas trop vieilli. À part ses cheveux entièrement blancs maintenant et un petit air fragile, ainsi que je le supposais. Je trouve que les personnes qui vivent en maison de retraite ont toujours un petit air fragile. Cela m'émeut.

Malgré la surprise qui se lit sur son visage, je suis reçue plutôt aimablement par mon ancien locataire, qui me prie de m'asseoir. Tandis que je m'explique, il m'observe avec un sourire amusé qui m'agace un peu. Qu'est-ce qu'il y a de si drôle dans ce que je lui confie ? Lorsque je me tais enfin, il sourit toujours.

Soudain, sa voix rauque s'élève dans le silence.

– Votre musicien, c'est le vent, me dit-il. Vous savez bien que dans notre île, il y a toujours du vent.

Et comme je le regarde d'un air ahuri sans comprendre, il se lève et va ouvrir le dernier tiroir de sa commode. Il en tire quatre petits carillons de bambou.

– Ce sont des carillons Koshi, explique-t-il. Chacun correspond à l'un des quatre éléments de la nature. Un artiste français les fabrique artisanalement dans les Pyrénées. Ceux-là, c'est mon fils qui me les a offerts un peu avant ma venue chez vous. Ils sont le résultat de longues recherches sonores. Les cordes les plus courtes possèdent des harmoniques qui dominent peu à peu et se transforment en notes fondamentales. Cela crée des sortes de spirales sonores.

C'est un véritable cours d'acoustique qu'il me donne là et ses explications techniques me dépassent complètement. Voyant que je fronce les sourcils, il passe à un registre plus concret :

– Vous comprenez, le matin, je n'avais jamais le temps d'aérer avant de partir au travail mais le soir en rentrant, je le faisais systématiquement. Je m'amusais à suspendre l'un ou l'autre des carillons, parfois plusieurs. Il m'est même arrivé de mettre les quatre ensemble. Je ne connais pas l'instrument dont vous parlez, mais je suppose que les timbres très purs de ces carillons en rappellent les notes. On dit également que leurs vibrations particulières permettent un véritable lâcher prise. C'est ce que vous semblez décrire. Pour moi, c'était simplement agréable. Mais je ne pouvais en percevoir toutes les subtilités, ajoute-t-il en portant les mains à ses contours d'oreille. Pas suffisamment en tout cas pour ressentir un tel bénéfice.

Je n'en reviens pas. Ainsi donc, le célesta de monsieur Florent n'existe pas ?

Me voyant profondément dépitée, mon ancien locataire désigne les carillons posés sur la petite table près du lit.

– Je les ai gardés, me dit-il, mais je ne m'en sers plus maintenant. Prenez-les, je vous en prie, je vous les offre. Ils vous seront sûrement plus utiles qu'à moi.

LE MONDE DE CHRISTINA

Christina rampe dans le pré couleur d'or. À la force de ses bras maigres, de ses mains déformées, elle traîne derrière elle ses jambes paralysées, aussi vite qu'elle le peut. Chaque mètre parcouru la rapproche de la ferme, sa maison où elle vit avec son frère Alvaro.

Malheureuse, Christina ? Certainement pas. Elle refuse d'ailleurs qu'on la plaigne. Refuse le fauteuil roulant, les béquilles, l'aide que les autres veulent lui apporter. Qu'est-ce qu'ils croient, tous ? Depuis si longtemps, elle se déplace ainsi. Elle rampe sur le sol de la ferme familiale, sur la terre du jardin, dans les herbes de la prairie tout autour. Au fil du temps, elle a acquis une étonnante rapidité, une dextérité exceptionnelle. Un courage, une détermination qui sont sa véritable force. Rien ni personne ne peut lui enlever cela.

Aujourd'hui, elle est allée rendre visite à ses parents. Là-bas, dans le minuscule cimetière d'Hathorne Point où ils reposent, au-dessus de la crique de Maple Juice. Le paysage y est d'une beauté indomptée, vertigineuse, dont elle ne se lasse pas. Son jeune voisin Andrew non plus, il faut croire. Lorsqu'elle est arrivée en vue de la crique, il était là, comme si souvent. Elle l'a aperçu, immobile derrière son chevalet, face à l'océan. Il aime saisir les nuances de la lumière, à toute heure de la journée. Il peint très bien, Andrew. Peut-être deviendra-t-il un jour un grand artiste. Elle se souvient du moment où son amie Betsy l'a amené à la ferme pour la première fois. Il y a dix ans de cela. C'était en juillet, au début de la récolte des myrtilles sauvages qui assure leur subsistance à tous, ici. Alvaro avait les mains bleues. Andrew avait expliqué qu'il était venu dans la région pour rencontrer James, le père de la jeune fille, un artiste reconnu. Finalement, il n'avait eu d'yeux que pour Betsy. Elle était si belle et si jeune alors. À peine dix-sept ans. Plus tard, le jeune peintre l'a épousée.

Petite tache rose inondée de lumière, Christina se hâte en rampant dans les herbes roussies. Elle rentre chez elle. Un peu plus loin, longue silhouette un peu ployée, Andrew revient lui aussi. Il marche à pas lents, sa boîte de peinture à la main et son chevalet sur le dos. Dans le silence de la prairie, il entend la respiration un peu haletante de Christina et le glissement de sa robe écrasant les graminées. Depuis le temps qu'il l'observe, cette femme le fascine. Il faudra qu'il la peigne, ici même, dans cette position étrange qui est la sienne. Qu'il révèle cette solitude poignante, cette volonté farouche. Si elle accepte bien sûr. Car elle n'a pas un caractère facile, Christina. Et on peut la comprendre. Elle a bien voulu poser une fois, pour lui, assise dans l'entrée de sa ferme, le visage tourné vers le grand pré. Mais qui dit qu'elle sera d'accord à nouveau ?

Bien des années plus tard, devant Christina, Lili reste médusée à son tour. Devant cette femme, qui a passé la majeure partie de sa vie au ras du sol. Continuant à aller et venir, vaquer à ses occupations, sans se décourager. Malgré cette horrible maladie qui, vient-elle d'apprendre, l'avait privée à l'âge de vingt-six ans de l'usage de ses jambes et allait peu à peu lui ôter celui de ses bras et de ses mains.

Lorsqu'elle se traîne résolument vers son étrange maison sombre, cette imposante ferme du dix-huitième siècle perdue dans la campagne de la Nouvelle Angleterre, qui est son seul refuge, Christina a cinquante-quatre ans. C'est aussi l'âge de Lili aujourd'hui.

Elle essaie d'imaginer la vie de cette femme handicapée, son parcours si singulier. Peu à peu, sa réflexion la ramène à elle-même. Elles se ressemblent un peu, toutes les deux. Car à Lili aussi, la vie a imposé un jour des douleurs violentes. Inattendues. Une ancienne blessure profonde, qui s'est réveillée, faisant pleurer son âme et crier son corps. Évidemment, la sienne est moins visible, puisqu'elle est intérieure. Mais comme Christina, Lili a dû lutter pendant des années, rassembler toute son énergie pour mener son propre combat. Elle a dû aller tout au fond d'elle-même et de son passé, chercher ce qui l'empêchait de vivre. Aujourd'hui, elle a identifié sa blessure, elle vit avec. Elle sait que la faille peut s'ouvrir à nouveau, cette fragilité resurgir et la submerger, lorsque parfois la vie devient trop difficile. Mais maintenant, elle a les moyens d'y faire face. Dans sa bataille, elle a trouvé une force de vie incroyable, une confiance qui l'habite et la porte chaque jour. Christina et elle sont des gagnantes. Des résilientes, comme le neuropsychiatre Boris Cyrulnik définit dans ses ouvrages les personnes ayant acquis une formidable capacité à vivre, à réussir, à se développer en dépit de lourds handicaps physiques ou psychologiques.

Les visiteurs se pressent autour de Lili. Elle ne peut demeurer à la même place aussi longtemps qu'elle l'aurait voulu, continuer à contempler tranquillement Christina, son corps frêle et malade, ses longs cheveux bruns parsemés de fils d'argent, l'étendue herbeuse dorée, la ferme coloniale en bois, en haut de la colline. *Je reviendrai demain de bonne heure*, se dit-elle. *Il y aura moins de monde.*

Avant de quitter le musée, elle s'arrête à la boutique, heureuse d'y découvrir ce qu'elle cherche. Un grand poster, représentant le troublant tableau d'Andrew Wyeth *Christina's world,* qu'elle affichera dans son salon à son retour de New York.

(*Première partie du récit d'après l'histoire vraie de Christina Olson, peinte par son voisin et ami Andrew Wyeth). Le tableau* Christina's world *se trouve au Museum of Modern Art de New York.*

FAITS DIVERS

Comme elle l'avait appris pendant ses cours de hatha yoga, Amandine s'obligea à respirer calmement, en soufflant longuement après chaque inspiration. Depuis jeudi soir, elle était extrêmement inquiète. Impossible de joindre Ben.

Pourtant, ils avaient prévu de passer le week-end ensemble, comme ils le faisaient le plus souvent possible. Déjà pas facile d'habiter aussi loin l'un de l'autre, elle à Paris, lui à Bordeaux, si en plus ils ne pouvaient pas se voir en fin de semaine, leur relation amoureuse n'avait plus aucun sens.

C'est d'ailleurs lui qui avait proposé deux jours de thalasso à Arcachon et deux nuits au très bel hôtel Les Bains d'Arguin, intégré au centre d'hydrothérapie. Simplement l'ascenseur à prendre depuis les chambres pour se rendre directement à la piscine d'eau de mer tiède, profiter des massages et modelages aux algues. La météo ayant prévu de la pluie, Amandine avait répondu à Ben que c'était une excellente idée et qu'elle adorerait. Elle avait couru s'acheter un maillot de bain en prévision, le sien n'étant plus présentable.

À nouveau, la jeune femme tenta d'appeler Ben sur son portable. Le téléphone était toujours éteint. Depuis jeudi, elle avait laissé au moins dix messages vocaux. Puis des textos, ainsi que des mails sur sa messagerie électronique. Aucune réponse.

Elle essaya encore le numéro d'Élodie, la sœur jumelle de son ami. Ils s'adoraient tous les deux, comme tous les jumeaux et ils se parlaient presque tous les jours au téléphone. Elle savait peut-être où se trouvait son frère. Là aussi, Amandine tomba sur le répondeur. Elle supplia Élodie de la rappeler si elle savait quelque chose. Sa future belle-sœur le ferait, c'est sûr, elles s'aimaient bien toutes les deux.

Ensuite elle contacta Romain, à la fois le meilleur ami et le collègue de Ben, tous les deux étant conservateurs au musée des beaux-arts de Bordeaux. Il décrocha tout de suite. Elle fut stupéfaite d'apprendre que son amoureux avait posé quelques jours de congé. Il ne lui avait parlé de rien ! Pour Romain, ça paraissait normal, le musée avait été en grande effervescence avec l'exposition Mondrian et maintenant qu'elle était terminée, Ben avait exprimé le besoin de souffler un peu.

Amandine avait l'impression de devenir folle. Enfin, où était-il ? Avec une autre femme ? Cette idée la taraudait depuis jeudi. Étant d'un tempérament jaloux, elle imaginait sans peine que Ben ait pu craquer, entouré comme il l'était par de jolies filles dans son milieu professionnel. Un jour, elle lui avait avoué cette peur, mais il avait ri et lui avait juré que les autres femmes ne l'intéressaient pas. Elle l'avait cru. Jusque-là.

Enfoncée dans le douillet canapé de cuir fauve, Amandine téléphona à d'autres amis de Ben. Aucun ne put la renseigner. Elle avait déjà joint tous les hôpitaux de Bordeaux, mais personne n'y avait été admis sous le nom de Benjamin Pasquier.
Après avoir longuement hésité, elle finit par contacter sa future belle-mère. Elle l'avait rencontrée pour la première fois il y a deux semaines, à l'occasion du mariage d'Élodie. La jumelle de Ben était rayonnante ce jour-là et le contraste qu'elle offrait avec sa mère, toute vêtue de noir, absolument saisissant : une veuve austère, au regard froid et fermé. Pas vraiment accueillante non plus aujourd'hui au téléphone. Une voix sèche, cinglante:
– Qui est à l'appareil ? Ah, c'est Amandine ? Vous cherchez Benjamin ? Qu'est-ce que vous voulez que j'en sache, il n'est pas avec vous ?

La jeune femme ne voulut pas lui montrer son désarroi. Elle bredouilla, laissant entendre qu'il n'allait sûrement pas tarder à la rejoindre et s'excusant de l'avoir dérangée pour si peu.

Après une mauvaise nuit en pointillés, Amandine avait pris le premier TGV pour Bordeaux. Puis le taxi qui l'avait amenée chez Ben, près du Jardin Public. La voiture de son ami n'était pas sur le parking de la résidence. Mais la jeune femme était tout de même montée à l'appartement, puisqu'elle possédait le double des clés.

Dans le hall d'entrée, une odeur discrète l'avait accueillie. C'était du Ben tout craché ça, il avait dû faire brûler de l'encens. Bois de santal, le parfum qu'il préférait. La gorge d'Amandine s'était douloureusement serrée. Elle aimait tant partager ce rituel avec lui, écouter du Mozart ou faire l'amour dans cette ambiance odorante et apaisante. Dans les différentes pièces, tout semblait en ordre. La pluie ruisselait sur les vitres, monotone. Le cœur d'Amandine était lourd comme le ciel plombé.

Ben et elle s'étaient connus il y a un peu plus d'un an. Ils s'étaient rencontrés lors d'une soirée chez des amis communs. Il lui avait plu tout de suite. Un grand gars aux yeux sombres, au sourire désarmant. Pas vraiment beau mais un charme incroyable, un charisme fou. Sa voix surtout, l'avait immédiatement troublée. Très grave, chaude, avec un léger accent chantant.

Elle adorait ses longues mains fines aussi, qui savaient jouer sur son corps comme un pianiste caressant subtilement les touches de son instrument. Le faisant vibrer longuement, délicieusement avant l'accord final.

Ben lui avait véritablement redonné foi en la vie. Il y a un an, elle travaillait encore pour Dior. Elle était mal dans sa peau, s'alimentait à peine. Cinquante-trois kilos pour un mètre soixante-dix-huit. Une poupée blonde, payée afin d'exhiber son extrême maigreur. Il l'avait aidée à sortir de cet enfer.

Aujourd'hui, elle avait entamé des études de psychologie à l'université Paris Diderot, avait recommencé le sport et mangeait à nouveau avec plaisir.

Amandine ne se sentit pas le courage de sortir. Elle passa la journée devant la télé, à tendre l'oreille vers la porte d'entrée et à surveiller son téléphone. Elle eut au bout du fil le standard du centre de thalassothérapie, ce week-end avait bien été réservé à leurs deux noms. Son angoisse s'intensifiait au fur et à mesure que les heures passaient.

Mais que se passait-il ? Que faisait Ben ? Et pourquoi ne lui donnait-il aucun signe de vie ?

Elle était allongée sur le canapé à se ronger les sangs lorsque l'idée traversa soudain son esprit. Le carnet. Comment n'y avait-elle pas pensé plus tôt ? Son amoureux possédait un journal intime dans lequel il notait ses pensées. Ils plaisantaient très souvent à ce propos. Elle faisait mine de lire par-dessus son épaule, pour apercevoir ses yeux foncés s'assombrir encore, l'entendre hausser sa voix de basse. Parfois, elle était un brin provocatrice.

Bien sûr en temps normal, elle ne se serait jamais permis d'y jeter un coup d'œil. Mais aujourd'hui c'était différent. Il y avait urgence.

Quelle chance, il ne l'avait pas emmené avec lui. Le petit cahier à la couverture noire était bien rangé dans le tiroir de la table de nuit. Elle consulta directement la dernière page. C'était daté du début de la semaine. Elle parcourut avec crainte les mots écrits par Ben, feuilletant le carnet de la fin vers le début. Au fil des lignes, elle commença à se sentir mieux. Il parlait de son travail avec passion, de ses amis, d'elle. En des termes très émouvants :

Amandine est si belle, si douce, si fragile. J'ai beaucoup de chance de l'avoir rencontrée.

À la date du 5 février 2014, elle relut avec délectation ces quelques phrases :

Nous avons prévu qu'à la prochaine rentrée universitaire, Amandine continue ses études à Bordeaux. Elle habitera ici, l'appartement est assez grand. J'ai hâte de caresser ses cheveux tous les soirs, de pouvoir respirer l'odeur vanillée de sa peau, de me réveiller tous les matins dans ses bras.

Elle poussa un soupir de soulagement. Elle avait eu tellement peur qu'il soit parti avec une autre femme. Mais rien dans ce carnet ne laissait entrevoir une telle possibilité. Ben devait avoir une excellente raison pour s'être absenté ainsi, elle la connaîtrait bientôt, car où qu'il soit il allait l'appeler, c'était certain. Son amour pour elle ne faisait aucun doute au fil des pages.

Soudain, elle réalisa qu'elle n'avait rien avalé depuis le matin. Il ne fallait pas laisser les mauvaises habitudes reprendre le dessus. Elle ouvrit le frigo, se prépara un en-cas. Ce fromage de chèvre avait un goût vraiment incomparable.

À onze heures du soir, elle était toujours sans nouvelles. L'inquiétude avait repris le dessus, elle se sentait nerveusement épuisée.

Elle décida de s'allonger dans la chambre et de lire un peu pour se changer les idées. Ben possédait toute une bibliothèque de livres de poche, elle n'aurait que l'embarras du choix.

C'est en se couchant sur le lit que sa main rencontra quelque chose de dur sous l'oreiller. C'était un deuxième carnet, presque semblable au premier. À part que la couverture de celui-ci était neuve. Ses mains tremblèrent un peu lorsqu'elle l'ouvrit. Il était tout juste entamé. Très vite, elle se figea. Des mots grossiers écrits par Ben lui sautèrent en pleine figure :

Salaud, je ne te laisserai pas faire. Elle est à moi seul, tu ne me la voleras pas. Espèce d'ordure !

De qui parlait-il ? Qui était ce *elle* ? Les mains d'Amandine devinrent moites, une sueur froide commença à couler depuis sa nuque jusqu'à ses omoplates. Elle s'était trompée, il y avait bien une autre femme.

Une petite lumière rouge se mit à clignoter dans son cerveau. Une intuition qu'elle avait voulu occulter depuis plusieurs mois. Les mots griffonnés sur la dernière page confirmèrent son angoisse :

Tu ne l'amèneras pas en Normandie habiter dans ta maison de merde.

Cette femme, elle la connaissait. Elle était toujours présente dans les soirées organisées par Ben, elles avaient partagé des tas de bons moments ensemble. Férue d'art, comme lui. Et en effet, son mari venait d'être muté à Rouen.

C'est une nuit blanche qu'elle passa cette

fois. À recouper tous ses souvenirs, dans l'éclat cru, impitoyable, de cette nouvelle lumière. Celle de la vérité.

Le matin, Amandine était toujours sous le choc. Ben aimait donc deux femmes. Elle s'obligea à avaler un bol de café, tournant machinalement le bouton de la radio posée à côté de la cafetière. La voix du journaliste présentant les infos du matin s'éleva dans la cuisine. Amandine l'entendait sans l'écouter vraiment, quand soudain les mots impensables forcèrent sa conscience :

– *Jaloux de son beau-frère, un homme vient de séquestrer sa sœur jumelle pendant trois jours, à l'intérieur d'une maison inhabitée de la banlieue bordelaise. Alarmé par une lueur de lampe de poche en pleine nuit, un voisin a appelé la gendarmerie.*

LE FANTASME DE LUCILE

Depuis longtemps, Lucile a un rêve. Ou plus exactement un fantasme. Mais malgré son désir de le réaliser, elle n'a jamais osé en parler à Florent, son mari. Elle s'est contentée jusque-là d'imaginer la situation. Se la racontant à voix basse quand elle est tranquille. Jusqu'à l'extase.

Pourtant, à force de ressasser si souvent son fantasme, de se représenter la scène encore et encore, une idée un peu folle a germé dans son esprit. Et Lucile sait que, aussi extravagante qu'elle puisse paraître, elle finira par la mettre à exécution.

Florent exerce le beau métier de boulanger-pâtissier. C'est un grand gars brun, costaud, le seul dans le bourg qui travaille encore à l'ancienne. Il a repris la boutique de son père et se montre fier du savoir faire que celui-ci lui a transmis. Il pétrit son pain à la main, le fait cuire au four à bois. Le magasin est bien placé dans le centre ville, les produits toujours d'une qualité irréprochable. D'ailleurs les clients ne s'y trompent pas, qui viennent de bonne heure pour acheter la baguette au levain tiède et croustillante, les croissants dorés pur beurre du petit-déjeuner.

C'est Lucile qui les sert. Elle a le contact facile et ils s'attardent volontiers un peu pour discuter ou plaisanter. Surtout les hommes. D'autant plus qu'elle n'est pas désagréable à regarder, la boulangère. Pas vraiment belle, mais un joli sourire, des formes engageantes et un je ne sais quoi de sensuel dans les gestes qui retient l'attention. Cependant, elle ne donne jamais suite aux avances à peine déguisées de certains. C'est une femme fidèle et droite, toujours très amoureuse de son grand gaillard de mari, après quinze ans de mariage.

Dans un coin de la boulangerie, Lucile a installé un petit salon de thé, aménagé avec goût. Trois tables colorées avec leurs chaises assorties et sur le mur, des photos du pâtissier en plein travail ainsi qu'un tableau gai dans des teintes chaudes. L'idée a tout de suite rencontré un grand succès et il n'est pas rare que l'après-midi, toutes les tables soient prises. Il faut dire que les œuvres de Florent y sont pour quelque chose. L'artisan, très créatif, teste régulièrement de nouvelles recettes dans son laboratoire.

C'est un véritable artiste. Pourtant malgré sa réussite, il reste modeste, un peu timide même lorsqu'il se retrouve face aux clients. Souvent, Lucile reçoit des éloges sur le travail original de son mari et inévitablement, de grandes vagues de plaisir viennent colorer ses pommettes un peu hautes.

Derrière la discrétion de son homme, elle sait que se cache également un boulanger hors pair. Parfois, elle se lève avec lui à deux heures du matin, uniquement pour le regarder un moment faire le pain, pétrir la pâte, la rouler, lui donner forme. Elle s'assoit sur la couchette que Florent a disposée là. Il profite des temps de fermentation pour dormir un peu, ayant coutume de dire avec humour :
– Je repose en même temps que mon pain.
Lucile est littéralement fascinée par les longues mains blanches couvertes de farine, actives, semblant animées d'une vie propre. Elle contemple son mari dans ce corps à corps auquel il se livre avec la pâte. Et avant de retourner se coucher, elle se dit à chaque fois que c'est comme si elle venait d'assister à un acte d'amour.

Le jour de la semaine qu'elle préfère, c'est le dimanche, car les gâteaux sont à l'honneur, pour le plus grand plaisir des clients.

Le matin très tôt, bien avant l'ouverture, elle prend soin d'en choisir quatre et de les mettre de côté. Ce jour-là, Florent et elle s'autorisent à en manger deux chacun au repas de midi. Au moment du dessert, la boulangère observe son mari à la dérobée. Il termine toujours par l'éclair au chocolat, sa pâtisserie préférée. Lorsqu'il mord dedans avec volupté, la crème onctueuse déborde un peu et coule sur ses doigts. Il les lèche alors lentement, avec un air d'intense satisfaction. Un moment que Lucile trouve extrêmement érotique.

Aujourd'hui est un jour férié, le réveil sur la table de nuit n'a pas été programmé. Pourtant, le couple a été tiré du sommeil de bonne heure par la sonnerie du téléphone. Florent s'est levé, est allé répondre. Lucile l'a rejoint peu après, pieds nus dans le salon où se trouve le poste fixe. Tout en continuant la conversation, une main sur le haut parleur du téléphone, son mari lui a chuchoté :

– Sandrine est malade.

Après quelques secondes de contrariété, la boulangère a réalisé qu'une opportunité unique s'offrait à elle. Généralement, l'artisan passe ses moments de libre à la pêche avec son ami Claude. Une autre de ses passions, à laquelle il s'adonne dès que possible. Et en ce lundi de Pentecôte, il avait été prévu que les femmes accompagnent leurs hommes pour la journée.

Lucile apprécie ces escapades. Elle s'entend bien avec Sandrine. Après le pique-nique, elles papotent toutes les deux à l'ombre des arbres, tranquillement allongées sur une couverture, les yeux dans la lumière du ciel filtrant à travers les feuillages. Puis, elles entreprennent ensemble une grande promenade autour du lac, tandis que Florent et Claude guettent les prochaines touches, assis sur de petits sièges pliants derrière leurs lignes sophistiquées. C'est un moment très agréable à partager, paisible. Parfois, ils le prolongent aussi le soir, en se régalant tous les quatre avec la friture ou les truites argentées pêchées par les hommes.

Mais depuis quelques jours, Sandrine a attrapé un mauvais rhume qui a dégénéré en bronchite. Et comme elle ne veut pas priver Claude de la sortie, elle a insisté pour qu'il s'y rende sans elle. Quand son mari lui expose la situation, Lucile se montre catégorique :

– Dans ce cas, je préfère vous laisser entre hommes. Ne t'inquiète pas pour moi, tu me connais, je ne m'ennuie jamais !

Peu après son départ, Lucile met son tablier de cuisine, attrape les ustensiles qui lui seront nécessaires. Si Florent a la réputation d'être le meilleur pâtissier du bourg, on peut dire qu'elle ne se débrouille pas trop mal elle non plus. Ses entremets, en particulier, sont réputés dans la famille.

Ces derniers temps, elle a beaucoup réfléchi à son plan et a décidé de créer une crème pâtissière. Exceptionnelle. Moelleuse et légère comme une mousse. Si fine sous la langue, qu'il sera possible de s'en délecter longtemps avant d'en être rassasié. Du jamais vu. Il va sûrement lui falloir de nombreux essais, elle va devoir tâtonner de longues heures, pour obtenir exactement la texture lisse, veloutée, la saveur douce et délicatement parfumée qu'elle souhaite. Mais peu importe, la récompense escomptée vaut bien tous les efforts qu'elle s'apprête à faire.

En milieu d'après-midi, elle peut s'estimer satisfaite. La crème est enfin prête. Parfaite. Subtilement aromatisée à la pistache d'Iran torréfiée. Elle sait que Florent adore ce fruit sec, il va se régaler.

Lucile range la cuisine, puis elle prend une douche, longuement. Elle relève ses cheveux châtain clair avec une jolie pince, se maquille discrètement. Elle vaporise ensuite derrière l'oreille et sur les poignets quelques gouttes du parfum de Guerlain que son mari lui a offert pour son anniversaire. Enfin, elle verse sa crème dans une jatte en porcelaine et la portant avec précaution, descend les marches qui mènent au magasin. Elle le traverse lentement, se dirigeant sans hésiter vers le laboratoire.

Son rêve secret, c'est de se transformer en gourmandise. Elle voudrait que Florent prenne le temps de la savourer elle aussi. Qu'il la goûte comme une friandise inédite. Qu'il la croque avec délices, par petits bouts. Elle voudrait voir dans ses yeux expressifs, pétiller les mêmes étincelles, la même exultation des sens qu'elle surprend lors du dessert dominical ou quand il déguste et apprécie l'une de ses trouvailles dans le laboratoire. L'amandine à la rose ou l'opéra au sirop de litchi par exemple. Elle s'imagine douce et fondante comme la plus belle des découvertes de son mari.

Ce soir, juste avant de monter dans leur appartement, il ira dans la remise chercher du bois pour allumer le four demain matin. Il amènera le panier rempli de bûches dans le laboratoire. Lorsqu'il entrera, il verra sa femme offerte, nue sur la couchette. Elle a nappé son corps de crème pâtissière et elle l'attend.

MERCI PAPA

– Pour moi, Charlotte, l'échec n'existe pas. Dans la vie, il n'y a que des expériences. Des bonnes et des moins bonnes. Un jour, tu comprendras que toutes ont leur raison d'être. Même les plus dures, celles que l'on juge parfois cruelles et injustes. Tu pourras souvent en tirer des leçons et parfois, si tu exerces patiemment tes yeux, apercevoir un petit quelque chose qui brille d'un éclat incomparable au cœur même des épreuves. J'appelle ça *un diamant d'évolution*, que tu n'aurais jamais approché sans elles. Comme dit Richard Bach dans son livre *Le messie récalcitrant*, on cherche les problèmes car on a besoin de leurs cadeaux.

Ainsi parlait mon père et je levais vers lui de grands yeux étonnés.

– Mais… toi papa, tu n'as rien vécu que tu considères comme une défaite ? Le divorce avec maman par exemple ?

Il baissait vers moi le regard tendre que je lui ai toujours connu et je rencontrais ses yeux d'un marron si chaud qu'il me réchauffait le cœur. *Marron écureuil,* disait maman paraît-il, lorsque nous vivions tous les trois dans notre maison au milieu des bois.

Lors de ces discussions, j'avais treize ans. Je me posais beaucoup de questions sur la vie, sur moi, les autres, mon avenir. Je voulais comprendre. Je me souviens parfaitement de sa réponse ce jour-là et de son sourire un peu triste.

– Ta maman et moi, nous n'étions pas faits pour rester ensemble toute notre vie. Elle était très citadine alors que, tu me connais, je ne peux vivre qu'entouré de mes amis les arbres. Et même si elle défendait la nature dans ses plaidoiries, elle a vite acheté son appartement en centre ville dès que nous nous sommes séparés. Crois-moi, l'amour ne fait pas tout. Nous n'avions pas du tout le même projet de vie. Si elle était restée avec moi, elle n'aurait pas été heureuse.

Ma gorge s'était douloureusement serrée. Et moi alors ? M'élever, ce n'était pas un projet de vie ?

À l'époque dont il me parlait, maman était avocate de la Ligue de Protection des Oiseaux et travaillait à Rennes, et plus souvent encore à Paris. Pendant ce temps, mon père arpentait les bois en tant que garde forestier. Comment ces deux là avaient-ils pu s'aimer ? C'était un mystère pour moi. Mon père ne m'en avait jamais rien dit et je ne sais pourquoi, je n'osais l'interroger sur ce point. Quant à la belle jeune femme blonde aux cheveux courts qui m'avait donné naissance, je n'en avais qu'un très vague souvenir. Elle était morte six mois après le divorce. Je venais d'avoir quatre ans.

Je trouvais les idées de mon père difficiles à comprendre. Notamment ce point de vue sur l'échec. Pour moi un fiasco était un fiasco, tout simplement. De toute évidence, ma relation avec les garçons en représentait un. Dans les boums auxquelles j'étais invitée, aucun ne s'intéressait à moi. Il faut dire que malgré un corps plutôt mince, des traits fins, des cheveux blonds dorés hérités de ma mère, je portais de grosses lunettes et un appareil dentaire qui ne m'avantageaient pas. Sur mon passage, le mot *intello* me vrillait le cœur. Je faisais mine de n'avoir rien entendu. J'avais beau exercer mes yeux et chercher le petit quelque chose de mon père à l'éclat soi-disant incomparable, je ne voyais rien briller, à part les spots colorés au-dessus de nos têtes pendant que nous dansions.

Aujourd'hui, bien longtemps après tout ça, je viens enfin de comprendre le message qu'il m'avait délivré ce jour-là, dans le jardin de mes grands-parents, près du vieux pommier aux branches toutes tordues.

En début d'après-midi, je suis sortie faire l'une de ces longues balades solitaires en forêt que j'aime tant. Respirant à plein nez l'odeur puissante d'humus, de mousse et de feuilles mortes, caressant l'écorce rugueuse des grands chênes, en laissant courir mes doigts sur les fissures profondes, comme le fait parfois mon père. J'ai ramassé une grande poche de châtaignes, que je ferai griller ce soir pour nous deux, dans la grande cheminée. Puis, j'ai sifflé les deux bergers australiens, Tango et Salsa. Ils sont arrivés à fond de train, se sont rués dans mes jambes, m'ont fait perdre l'équilibre et je suis tombée en riant sur un tapis de feuilles. Tango m'a balayé le visage d'un grand coup de langue, tandis que Salsa se roulait sur le dos près de moi, en poussant des petits jappements de joie.

Et là, soudain, les paroles sages de mon père sont remontées à ma mémoire. Dix-huit ans après, elles ont pris tout leur sens.

J'ai eu un parcours scolaire exemplaire. Après mon bac scientifique décroché à dix-sept ans avec la mention très bien, je suis allée à l'université. Passionnée par la vie sous toutes ses formes, j'ai choisi d'étudier la biologie. À la fin de mon cursus il y a trois ans, j'ai été embauchée au CNRS à Paris, où je suis chercheuse en biologie moléculaire.

L'été dernier, j'ai vécu la plus grosse déception de toute ma vie. Armand Becker, le directeur de mon département de recherche, m'avait fortement encouragée à poser ma candidature pour un poste d'enseignant-chercheur au Hunter College, qui fait partie intégrante de la prestigieuse Université de la Ville de New York. Pour ma carrière, cela représentait une opportunité extraordinaire. Absolument unique. D'après Becker, il fallait me lancer tant que j'étais jeune, d'autant plus que je possédais les qualités requises : une rigueur sans faille, un bon sens pédagogique, un goût inné de la communication. Il savait aussi que je maniais parfaitement la langue anglaise. J'avais d'abord repoussé l'idée, ne me jugeant pas à la hauteur, puis je m'étais laissée séduire par le projet et avais relevé le fabuleux défi. J'avais donc participé fin mars à la visioconférence de recrutement.

Avec incrédulité, joie et fierté, j'avais reçu quinze jours plus tard un courrier m'annonçant que j'étais acceptée à la prochaine rentrée universitaire.

Profitant des congés de Pâques, j'étais partie quelques jours à la découverte de New York, où j'avais rencontré l'équipe que je devais intégrer au mois de septembre. La ville m'avait fortement impressionnée et l'Université, située au cœur de Manhattan, tout autant. Affolante de prestige, complètement démesurée pour la petite Bretonne que j'étais restée au fond de moi. Déjà, en temps ordinaire, déambuler dans Paris me stressait horriblement.

Un peu avant mon retour en France, j'avais commencé à me sentir anormalement excitée. Une sorte d'euphorie permanente que je ne connaissais pas jusque-là. Inquiète par cet état qui me faisait passer des nuits blanches, je décidai d'aller passer ma deuxième semaine de vacances dans un endroit calme et ressourçant. Pour moi, ce lieu avait un nom : Saint-Sulpice-la-Forêt, petit bourg près duquel mon père vivait toujours dans la maison au milieu des bois.

Mais malgré la proximité de la nature qui habituellement m'apaisait, je n'arrivai pas davantage à dormir, sursautant violemment dans mon lit chaque fois que je pensais glisser enfin dans la profondeur du sommeil. À mon étrange excitation émaillée de rires brusques, presque hystériques, succédèrent alors des moments dépressifs, où je pleurais pour un rien.

Je m'en ouvris à Rémi, mon ami d'enfance qui habitait toujours dans le village. Plus alarmé que moi encore, il me conduisit aux urgences de l'hôpital de Rennes, où je fus reçue par une psychiatre. Je n'avais pas fermé l'œil depuis presque deux semaines. Je fus immédiatement hospitalisée.

Le diagnostic était tombé : bipolarité. Une maladie insidieuse lovée en moi, révélée par l'imminence de mon changement radical de vie. Au bout de trois semaines, je pus enfin sortir de l'hôpital, avec un lourd traitement médicamenteux. J'avais également dû accepter d'être étroitement suivie par un spécialiste. Ne pouvant reprendre mon poste au CNRS, je fus rapidement mise en congé de longue maladie et dus abandonner le fantastique projet américain. Mon père me proposa de rester en Bretagne jusqu'à mon rétablissement, ce que j'acceptai.

Pendant presque une année, je fus dans une immense rage contre moi-même et cette satanée fragilité psychologique. Puis grâce au travail avec mon psychiatre, à la nature, à la gentillesse de mon père, à la présence attentive de Rémi, je retrouvai peu à peu mes marques.

Durant cette période, mon ami et moi nous étions beaucoup rapprochés. Un matin, il osa m'avouer ce que ses yeux d'une teinte si particulière, un peu *ambre dorée*, un peu *verte menthe sauvage,* me murmuraient en silence depuis toujours. Je reconnus moi aussi que mes pensées me ramenaient sans cesse vers lui. Mais malgré nos sentiments sincères et réciproques, je refusai de m'engager.

Mon psychiatre me fut alors d'un grand secours, m'aidant à m'interroger sincèrement sur mes craintes. Au bout de quelque temps, je parvins à comprendre combien j'avais peur de reproduire le schéma du couple de mes parents avec Rémi. Moi chercheuse, lui boulanger, n'y avait-il pas trop de différences dans nos façons de vivre ?

Et là, maintenant, alors que mes tennis sont recouverts de feuilles jaune d'or et mon pantalon maculé de terre brune, je ris de bon cœur en caressant les chiens, qui lèvent vers moi des yeux doux et confiants. Le voilà le bonheur, pourquoi vouloir chercher plus loin ? Le voilà le cadeau caché dont parlait mon père : si je n'avais pas été bipolaire, je ne me serais pas trouvée ici, dans les bois de Saint-Sulpice, je n'aurais jamais compris que mes racines sont plus importantes que tout et qu'il est là, tout près de moi, celui que mon cœur attend depuis si longtemps…

Revenant vers la maison, je me sens en accord total avec moi-même. Je vais chercher une place à Rennes. Mon père ne vieillira pas loin de moi. Je dirai oui à Rémi. Nous aurons nous aussi notre maison au milieu des bois, où

nos enfants pourront s'épanouir.
  Merci papa.

L'IMPOSTURE

Le vent gronde plus fort que l'océan. Le bungalow est animé d'un léger tremblement inquiétant. Avec précaution, je me lève, prenant bien garde de ne pas réveiller Charles qui vient de s'endormir. Le logement est si minuscule que je suis tout de suite dans la pièce principale.

Tirant le rideau coloré, je jette un œil dehors. La vision est apocalyptique. Éclairés par les spots du camping, les grands pins ploient leurs troncs comme des hochets géants. J'aperçois leurs têtes s'éparpiller dans le vent, telles des araignées mouvantes lançant leurs pattes dans tous les sens. Lumières orangées, bleu artificiel de la nuit, le paysage mugissant prend des allures d'ouragan sur une île lointaine.

Pourtant je reste là, fascinée par l'étrange spectacle. Comme un pacte secret passé avec la Nature, le dehors est parfaitement accordé au dedans. Une osmose totale avec ce bouleversement intérieur intense que je vis depuis quelques heures maintenant.

Au bout d'un long moment, je finis par quitter la fenêtre, me fais couler un verre d'eau, m'assois lourdement sur l'une des chaises pliantes autour de la table. J'ai tout mon temps, Charles dormira encore plusieurs heures. Il a toujours eu un très bon sommeil.

Pour la fin des vacances, il a choisi de passer quelques jours dans ce mobil home au bord de l'Atlantique, profitant des promotions de la dernière semaine d'août. Qu'importe l'exiguïté du lieu, ce qui lui plaît le plus je le sais, c'est de n'avoir que cinq cents mètres à faire pour arriver à la mer.

Charles adore le surf et il est persuadé que bien que ne partageant pas sa passion, je l'accompagne avec plaisir sur la côte landaise. Depuis plus d'un an que nous sommes ensemble, je n'ai pas osé le détromper. Il faudrait lui parler de Marianne et cela, je m'y refuse obstinément.

En réalité, je déteste l'océan. Je le hais vraiment, avec mes tripes.

La première fois que j'ai vu la vague s'élever dans sa transparence, Charles se dresser sur sa planche, glisser puis disparaître à ma vue, avalé par un gros bouillon de lave blanche scintillante, j'ai paniqué comme une folle. Estomac retourné, crampes violentes dans le ventre, j'ai vomi sur le sable. Ensuite, j'ai trouvé maints prétextes pour éviter la plage. Heureusement, Charles n'a jamais de longs congés et notre séjour n'a duré que quelques jours.

Cette semaine, c'est la troisième fois que nous sommes ensemble au bord de la mer. Hier matin, j'ai quand-même réussi à m'y rendre un petit moment avec un livre. Cela a représenté un gros effort. Mais au moins jusqu'à présent Charles ne s'est rendu compte de rien. Boules Quies fourrées dans les oreilles, plongée dans ma lecture, je me suis coupée du monde, ça je sais très bien le faire. Je n'ai plus entendu, plus aperçu les restes de vagues fracassées, les coulées écumantes et froides qui venaient vers moi, repartaient, revenaient encore, ne s'arrêtant jamais. Tout comme mes remords, ma peine toujours entière, après tout ce temps.

J'étais tout juste adolescente lorsque j'ai compris que je préférais les femmes. Mes amies s'extasiaient toutes sur les biceps musclés, les hanches étroites des garçons de notre âge ou un peu plus vieux. Les épaules larges les faisaient fantasmer. Moi, je n'y étais pas complètement insensible, mais je sentais bien que ma prédilection allait vers le corps des filles. Trouvant plus belles les formes épanouies, les courbes des seins, les attaches délicates. Je rêvais de me blottir entre des bras féminins, de me fondre dans leur douceur, ne cherchant pas plus à lutter contre cette attirance qu'à en connaître profondément la cause. D'accord, ma mère n'était pas très aimante, je ne m'étais jamais sentie proche d'elle. Et alors, ça prouvait quoi ? Il y avait bien des copines dont c'était le cas et qui flashaient sans problème sur les beaux garçons. Qu'importaient finalement les raisons qui régissaient mes émotions, mes impulsions profondes… L'évidence était là.

Pourtant Marianne a été la seule et l'unique. Cette nuit encore, dans ce petit bungalow furieusement secoué par le vent, je revois parfaitement notre rencontre. Comme si les dix dernières années n'avaient été qu'un rêve, comme si elles n'avaient pas compté. Ou si peu.

C'était lors du mariage d'un cousin, pendant l'été. Marianne avait été invitée en tant qu'amie de la mariée. J'avais tout de suite remarqué cette jeune femme brune à la tenue originale et colorée, un peu plus âgée que moi, qui paraissait seule. Pendant le repas, j'avais croisé son regard très foncé, direct. Puis l'inconnue était venue s'asseoir près de moi, sitôt le café avalé. Quelque chose d'un peu magnétique se dégageait d'elle. De puissant. D'animal.

Nous avions un peu parlé et elle m'avait entraînée par la main jusqu'à la piste de danse. Profondément troublée, je m'étais pourtant laissée faire. Après plusieurs rocks endiablés, nous étions restées un instant l'une contre l'autre lors d'un début de slow. Mon cœur battait à tout rompre. Était-ce à cause des rocks ou de l'émotion ? Un peu des deux sans doute. Tout en respirant le parfum ambré que portait Marianne, j'avais ressenti un affolement délicieux, presque irréel, s'emparer de moi. Mes jambes ne me portaient plus. Ma cavalière avait dû percevoir mon émoi, car elle m'avait reconduite en bord de piste. Mais dès lors, tout était déjà joué.

Très vite, nous nous étions revues et ce que j'appelais si fort s'était réalisé.

Moi, la blonde frêle et elle, la grande brune bien plantée, ne nous étions alors plus quittées. Dès la rentrée scolaire, entrant en deuxième année de biologie à la faculté, j'avais troqué ma chambre universitaire contre le modeste appartement que louait Marianne dans le centre ville. Car contrairement à moi, elle était autonome, exerçant le métier de fleuriste.

Pendant deux années entières, notre amour a représenté pour moi la plus belle chose qui soit arrivée dans ma vie. Tout, nous avons tout partagé. Tour à tour meilleures amies, amantes, sœurs, mère et fille, nous nous suffisions. Le monde entier tournait autour de nous deux. Nous étions des reines, nous étions des étoiles. Folles amoureuses. Fusionnelles. Tout à fait heureuses.

Le drame a eu lieu en Bretagne. Nous ne connaissions ni l'une ni l'autre la côte bretonne et avions décidé d'y passer quelques jours au mois d'août. Par chance, le soleil était au rendez-vous. En arrivant sur les lieux, nous avions déniché une adorable petite crique où nous baigner tranquilles. Nues et insouciantes.

Un matin, Marianne a émis le désir d'un moment de solitude. De plus en plus souvent, elle éprouvait ce besoin.

– J'ai envie d'un peu plus d'intimité avec moi-même, m'avait-elle dit.

Étant de nature respectueuse, je n'avais pas insisté. Ce jour-là non plus. Je me le suis reprochée pendant dix ans.

À midi, mon amie n'étant toujours pas de retour, je suis partie à sa rencontre, pensant la trouver en route. Mais je ne l'ai vue ni sur le chemin menant à l'océan, ni sur les rochers, ni dans l'eau, ni sur le sable de la petite plage.

À l'endroit où nous étendions toujours nos serviettes, il y avait celle de Marianne. Son chapeau. Ses lunettes de soleil. Crème solaire, tee-shirt, jupe et sandales, rien ne manquait.

On n'a jamais su ce qui s'était passé exactement, car il n'y avait aucun témoin. Marianne avait certainement été amenée au large par une lame de fond. C'est ce que l'enquête a conclu. Son corps n'a jamais été retrouvé.

Après sa mort prématurée, je me suis jurée de rester fidèle à son souvenir. L'amour de ma vie, je l'avais connu, je l'avais perdu. Jamais plus je n'aimerais une femme.

Peu à peu, au fur et à mesure des années, le temps a recouvert de son voile cruel et inéluctable mes souvenirs. Floutant les traits du visage de Marianne, gommant son joli rire en cascade, que je m'évertuais vainement à retrouver durant mes nuits agitées. Cependant, ma souffrance était toujours là.

Il y a deux ou trois ans, j'ai commencé à me dire que peut-être, quelque chose serait un jour possible avec un homme. Pour ne pas rester indéfiniment dans la solitude. Je connaissais ma véritable nature, mes expériences de jeune femme avant Marianne me l'ayant révélée : pas foncièrement homosexuelle, mais plutôt *bi,* comme on dit. Moins attirée par les hommes, c'est sûr, mais suffisamment quand-même pour qu'une relation amoureuse soit possible.

Les coudes sur la table du mobil home, la

tête dans les mains, je pleure à gros sanglots convulsifs. Mais ce ne sont plus les pleurs d'avant, le gouffre de tristesse et de culpabilité qui s'ouvrait devant moi, la douleur de respirer, de vivre sans elle, sans Marianne. Non, là ce qui domine, c'est une immense colère, une rage dévastatrice, une totale incompréhension, le sentiment violent et nouveau d'avoir été flouée. Car Marianne est vivante. Vivante ! J'en ai eu la preuve aujourd'hui.

Cet après-midi, Charles est parti surfer. Je lui ai dit que j'avais un peu mal au ventre, que je préférais rester tranquille. Ce qui, cette fois, était vrai. J'ai lu, écrit les cartes postales à envoyer aux amis, puis machinalement, j'ai allumé la petite télé. Rien ne m'intéressant vraiment, j'ai zappé un bon moment et fini par tomber sur une chaîne allemande. Il s'agissait d'une émission sur les self-made-men et women, ces hommes et ces femmes partis de rien qui ont réussi à se construire un bel avenir. Ne comptant que sur eux-mêmes, ne devant rien à personne.

Soudain, je me suis figée, n'en croyant ni mes yeux ni mes oreilles. Parlant posément de sa voix un peu éraillée, apparemment très à l'aise, Marianne était là, souriante, devant moi. Charmeuse et charismatique comme elle l'a toujours été. Aucun doute possible, c'était elle, je la connais trop bien pour pouvoir me tromper.

Elle n'a pas beaucoup changé, à part une mèche blanche dans la frange de ses cheveux coupés très courts, le maquillage plus appuyé : yeux noirs soulignés de khôl et lèvres cerise. Seul son nom n'est plus le même. Cette Gisela Müller, s'exprimant à l'écran pour décrire son entreprise de décoration florale en plein essor, n'est évidemment pas la personne qu'elle prétend être, née à Francfort et vivant à Cologne.

J'ai d'abord éprouvé quelques secondes d'intense stupéfaction, le regard rivé au petit écran. Puis, d'incessantes et douloureuses questions se sont mises à se bousculer dans ma tête : *C'est quoi cette HORRIBLE FARCE ?... Mais pourquoi, bon dieu, POURQUOI ? Pourquoi Marianne m'a-t-elle abandonnée ainsi ?... Elle qui n'avait que moi, ne fréquentant plus sa famille depuis des années ? Et pourquoi mettre en place ce simulacre de noyade subite et cruelle, me laissant pleurer toutes les larmes de mon corps pendant tout ce temps ? Cette femme que j'ai tant aimée n'est donc en réalité qu'un monstre sans pitié ?... Mais que lui manquait-il pour qu'elle se soit enfuie comme ça sans rien me dire, pour vouloir recommencer sa vie ailleurs ? N'étions-nous pas merveilleusement heureuses ensemble ?... Et comment est-il possible qu'à l'époque je n'aie rien vu, rien senti, rien soupçonné ? Ces désirs de solitude que Marianne a soudain affichés signifiaient-ils la fin de notre amour ?... Nous aurions pu en parler quand-même, c'était la moindre des choses !... Peut-être avait-elle rencontré une autre femme, sans que je m'en rende compte ? Une Allemande, par exemple, qu'elle aurait suivie dans son pays ?*

Une profonde sensation de dégoût m'a envahie. *Mon dieu, c'est donc ça l'amour ? NOTRE amour ? Un sentiment à sens unique ?* Notre relation que je croyais si pure, si belle s'est soudain transformée en une colossale tromperie. Une gigantesque illusion. Une abominable imposture.

À présent, un goût amer emplit ma bouche. La saveur âcre des mots violents. Je les ai retenus depuis l'émission, de même que j'ai réussi à me composer une attitude presque neutre durant la soirée. À peine un léger tremblement des mains qui aurait pu me trahir, mais Charles n'a rien remarqué. Pourtant, après le flot des questions, ils sont venus en masse ces mots, tournant en boucle dans mon pauvre cerveau. Des injures d'une brutalité inouïe. Un désir effrayant de crier, de taper, de déchirer, de déchiqueter, de griffer, de tuer. Des mots de vengeance à l'état pur.

Soudain je me lève, j'ouvre la porte du bungalow, je sors dans la nuit. Luttant contre la force de la tempête, je me mets à marcher droit devant moi en titubant. Je ne sais comment je parviens à gagner la petite route déserte longeant le camping.

Et là, seule dans la fureur du vent, je hurle enfin ces mots qui m'arrachent le cœur.

Remerciements :

Je remercie tous ceux qui croient en moi et m'accompagnent avec enthousiasme dans mon aventure littéraire.

Et plus spécialement :

MA FAMILLE : Laurent Desmoulin mon mari, qui m'apporte avec patience ses connaissances techniques et ses remarques judicieuses, Clément Desmoulin mon fils, Huguette et Jean Falbet mes parents, Philippe Falbet mon frère, Antony Desmoulin mon beau-fils, Valérie Lagier ma cousine, qui est aussi mon amie d'écriture. Elle a pris le temps de relire entièrement mon recueil, afin de m'aider pour la mise en pages.

MES COPAINS D'ÉCRITURE, avec qui j'échange récits et conseils : Jacqueline Vivien, Sandira Quirin, Renée-Lise Jonin, Nina Saulnier, Jack-Laurent Amar, Michèle Obadia Blandin, Brigitte Jean, Philippe Veyrunes, Solange Schneider et Florence Bar.

MES AMIS, COPAINS ET LECTEURS: Marie-Laurence Colombini, Laurence Vignal, Évelyne Durbecq, Françoise Bordes, Ilde Clément, Isabelle Caron, Sophie Barcelonne, Corinne Groscolas, Christine Lutard, Bernadette Cipière, Martine Remaut, Jean-Baptiste et Maryse De Rossi, Josiane Lalanne Évelyne Lafon, Dany Errera et Estelle Cazaurang.

Un grand merci également à Sophie Neupert, Elyse Lepage, Fabienne Brethonnet et Donna Harvey, pour leur gentillesse et leur aide si précieuse.

Et pour finir, toute ma reconnaissance à Marika Daures, qui m'aide de son mieux à promouvoir mes ouvrages.

Contact :

N'hésitez pas à visiter mon site internet :

monaventurelitteraire.fr

Vous pouvez y déposer votre ressenti, je le lirai avec grand plaisir. Car qu'est-ce qu'un auteur sans le retour de ses lecteurs ?

MERCI d'avance !

TABLE

L'amoureuse..................................9

Eva..................15

Œuvre d'art....................................27

La couleur noire de l'amour.........................41

Le cœur a ses saisons.......................47

Désir d'écrire........................57

L'homme d'à côté............................65

L'abuelita.........................75

Blanche...........................83

Le célesta de monsieur Florent.....................91

Le monde de Christina...................101

Faits divers..107

Le fantasme de Lucile..................................117

Merci papa...125

L'imposture...135

Remerciements et contact...........................147